PURE
BRED

순혈의 헌터

류화수 장편 소설

FUSION FANTASTIC STORY

HUNTER

순혈의 헌터 7

류화수 장편 소설

초판 1쇄 찍은 날 § 2015년 10월 23일
초판 1쇄 펴낸 날 § 2015년 10월 30일

지은이 § 류화수
펴낸이 § 서경석

편집책임 § 이창진

펴낸곳 § 도서출판 청어람
등록번호 § 제387-1999-000006호
등록일자 § 1999. 5. 31
어람번호 § 제1-2269호

주소 § 경기도 부천시 원미구 부일로 483번길 40 서경B/D 3F (우) 14640
전화 § 032-656-4452   팩스 § 032-656-4453
http://www.chungeoram.com
E-mail § chungeorambook@daum.net

ISBN 979-11-04-90482-0 04810
ISBN 979-11-04-90328-1 (세트)

PURE BRED

순혈의 헌터

류화수 장편 소설

FUSION FANTASTIC STORY

7

HUNTER

도서출판 청어람

Contents

제1장
다시 찾은 미국

PURE
BRED
HUNTER

회색 로브의 피를 흡수하고 다음 날, 나는 부대원들이 기다리고 있는 엘프의 도시로 이동해 부대원들이 쳐 놓은 내 텐트 안으로 들어갔다.

텐트 안에 들어가고 얼마 지나지 않아 사장이 찾아왔다.

"어제 어디 갔다 온 거야? 한참이나 찾았잖아."

"사장님이 해주신 조언을 실행하고 왔습니다."

사장이 나의 몸을 훑어보고는 부드러운 미소를 지었다.

"또 물었냐? 광견 아니랄까 봐……. 옷에 묻은 피나 좀 닦아라, 오크랑 엘프한테 들키기 전에."

옷에 피가 묻었던가? 회색 로브의 능력을 흡수한 것에 만족해 옷에 묻은 피를 확인하지 못했다.

이대로 밖에 나가서 오크를 만났다면 곤란한 상황에 빠졌을지도 몰랐다.

"옷 갈아입게 뒤돌아서 주세요."

"뭐래? 남자끼리 있는데 뒤돌 필요가 있냐? 너 남자 취향은 아니잖아?"

말을 해도 통하지 않을 사장이었기에 그냥 내가 뒤돌아서서 옷을 갈아입었다.

바지에도 피가 묻어 있었기에 옷을 모두 갈아입어야 했다.

"결정을 빨리 내려서 다행이다. 내가 힘든 길로 너를 안내한 것은 아닌지 걱정돼서 어제 한숨도 못 잤다."

"입가에 묻은 침이나 닦고 거짓말을 하세요. 딱 봐도 숙면 취하신 거 같은데요."

"아니야. 진짜 어제 걱정돼서 뒤척거렸다고."

"한 10분 뒤척거리다 주무셨겠죠. 우리가 함께한 시간이 얼마인데 제가 그걸 모르겠어요."

사장과 대화를 할수록 허전하던 가슴이 채워졌다.

사장은 나에게 너무도 고마운 사람이었다. 그가 없었다면 난 여기까지 올 수도 없었을 것이다.

옷을 갈아입고 나가자 때맞춰 오크와 엘프가 다가오고 있다. 그들의 표정이 어제와 마찬가지로 밝지 않아 그들을 보는 것이 어색했다.

그들의 형제와 마찬가지인 존재를 내가 죽였다. 그들의 얼굴을 보고 웃을 자신이 없었다.

언제가 될지는 모르지만 그들 또한 내가 죽여야 할지도 모른다.

"이제 우리는 어떻게 해야 하지? 다른 제자를 찾으러 가야 될까?"

나는 다른 제자들이 어디에 있는지 몰랐고, 그들과 함께한다면 빠르게 제자들과 접촉할 수 있을 것이다. 하지만 그들을 이용하고 싶지는 않았다.

자신의 형제들을 죽이는 일의 앞잡이 역할을 하고 있다는 것을 알게 된다면 그들은 죽어서도 편히 눈을 감지 못할 것이다.

"이제 헤어져야 할 것 같습니다. 여기서 너무 오래 지체했습니다. 두 분이 함께 있다면 검은 로브가 쉽사리 공격해 들어오지 않을 겁니다."

"어디 간다는 거야? 우리랑 여기서 영원토록 사는 거 아니었어?"

"저도 가족이 있습니다. 여기서 오래 있을 수는 없습니다. 다른 할 일도 있고 해서 이만 헤어져야 할 것 같습니다."

"그럼 나도 데리고 가. 부부는 일심동체인데 신부를 두고 어디를 간다는 말이야."

"몬스터들을 두고 저를 따라오시겠다는 말이신가요? 그

러시지 않아도 괜찮습니다. 제가 머지않아 다시 찾아오겠습니다."

"다시 올 거지? 빨리 와야 해. 늦게 오면 나 확 바람피워 버릴 거야."

제발 부탁이다. 바람을 한 30번 정도 피워줬으면 좋겠다.

"알겠습니다. 그러면 우리는 이만 가보도록 하겠습니다. 몸조심하세요."

"벌써 가게? 조금만 더 있다가 가. 저기 조용한 곳으로 가서 마지막 작별 인사라도 찐하게 하고 가."

오크와 단둘이 조용한 곳으로 가서 무슨 작별 인사를 한단 말인가.

내가 미치지 않고서야 그럴 일은 없었다.

"이별은 짧을수록 좋다고 했습니다. 이만 가보겠습니다."

오크가 딴소리를 하기 전에 얼른 부대원들을 데리고 도시 밖으로 빠져나왔다.

그사이에 동물들과 정이 깊이 든 부대원들은 아쉬운 표정을 하고 있었지만, 여기서 평생 지낼 수는 없다는 걸 잘 알고 있다.

"이제 어디로 갈 거야? 한국으로 돌아갈 거야, 아니면 다른 몬스터 도시를 찾아 이동할 거야?"

"일단 한국으로 돌아갈 생각입니다. 너무 긴 여행이었습니다. 조금은 쉴 시간이 필요합니다."

제자들이 어디에 있는지 모르는 상황에서 그들을 찾아 헤매는 것은 비효율적이다.

　한국으로 돌아가지 않고 제자들을 찾는 것이 나을지도 몰랐다.

　하지만 지금은 한국으로 돌아가고 싶은 마음이 강했다.

　약해진 마음을 마을에서 다잡고 싶었다.

　우리는 빠른 속도로 한국으로 이동했다. 제자의 수가 줄어든 만큼 줄어든 몬스터들이 우리의 앞을 가로막지는 못했다.

　우리는 제대로 된 전투 한번 치르지 않고 빠르게 이동해 한국에 도착할 수 있었다.

　"우리가 몇 달 만에 돌아온 거지?"

　중국을 거쳐 러시아, 그리고 유럽까지 다녀온 우리다.

　육체적으로 피곤을 느끼지는 않았지만 정신적인 피로감은 우리의 몸을 무겁게 만들었고, 마을에 돌아오자 언제 그랬냐는 듯 부대원들의 얼굴이 밝아졌다.

　그들과 마찬가지로 나도 마을에 도착해서야 허전한 가슴을 완전히 채울 수 있었다.

　마을로 돌아오자 이자벨이 가장 먼저 나에게 다가와 수고의 인사를 전했고, 다른 마을 사람들과도 반가움의 인사를 나누었다.

　"애기들은 잘 크고 있어?"

　"이제는 아장아장 걸어 다닐 정도로 컸어요."

이자벨과 함께 집으로 들어오자 동생들과 어린 뱀파이어
들이 집 안을 뛰어다니고 있다.

"위험해. 자꾸 그렇게 돌아다니다가 머리 쿵 한다."

소은이가 어린 뱀파이어들의 꽁무니를 쫓아다니고 있었
다.

이미 어린 뱀파이어 한 명은 소은이의 품에 안겨 잠들어 있
었다.

뱀파이어 꼬맹이들은 소은이의 주위를 맴돌며 호기심 가
득한 눈을 하고 있다.

"정말 많이 컸네. 얼마 되지 않은 것 같은데 이렇게 자라다
니. 확실히 인간보다 성장 속도가 빠르네."

"뱀파이어이니까요. 금방 한 명의 전사가 될 거예요."

뱀파이어 꼬맹이들을 바라보는 이자벨의 눈은 자상했지만
아련함이 묻어 있었다.

나는 며칠 동안 움직일 생각도 하지 않고 집에서만 지냈다.

제자들을 찾으러 다니고 싶은 마음이 들지 않아 편안히 집
에서 쉬고만 싶었다.

뱀파이어 꼬맹이들이 자라는 모습이 나를 즐겁게 했고, 동
생들과 지내는 것이 너무도 행복했다.

굳이 제자들을 찾아가고 싶은 마음이 거의 사라졌을 때쯤
연락이 왔다.

"교관님, 미국에서 사람이 왔습니다."

미국이라는 나라에 좋은 감정이 없다. 사기나 치는 야비한 나라였다.

나는 아직도 스쿠터 사건으로 꿍해 있었고, 미국에서 사람이 왔다는 것이 못마땅했다.

양심이 있으면 나를 찾으면 안 되었다. 사기를 친다는 것은 다시는 그 사람을 보지 않겠다고 마음먹고 나서야 가능한 일이다.

"왜 왔다는데요?"

"신 교수님이 그들과 얘기를 나누고 있어 자세한 것은 알지 못하지만, 미국에 있는 몬스터 토벌을 부탁하러 온 것 같습니다."

"알겠습니다. 그리로 가죠."

그들의 낯짝이 얼마나 두꺼운지 확인하러 이동했다.

미국에서 온 사람들은 신 교수의 집에서 얘기를 나누고 있었다. 조나단이 그 옆에 있었지만 마을에서 편안히 지낸 그의 얼굴에는 살이 붙어 인상마저 바뀌어 있었기에 그가 아이언맨이라는 사실을 모르고 있는 것 같았다.

"저를 찾으셨다고 들었습니다."

나의 말을 신 교수가 부드럽게 통역을 해주었지만, 내 말투에 붙어 있는 딱딱함에 내가 자신들에게 좋은 감정이 없다는 걸 느꼈을 것이다.

"도와주십시오. 우리만으로는 미국을 지켜낼 수가 없습니다. 엄청난 수의 몬스터가 미국 전역을 괴롭히고 있습니다. 몬스터들은 군대의 모습을 하고 있습니다. 이대로 가다가는 미국은 몬스터의 나라가 되고 말 겁니다."

"그게 저랑 무슨 상관이죠? 미국이 몬스터의 땅이 되든 말든 저랑 상관이 있나요?"

"추용택 님, 제발 도와주십시오. 이미 한국과 중국, 그리고 러시아까지 토벌을 완료했다고 듣고 왔습니다."

정보 체계가 완전히 붕괴된 지금 그들이 어떻게 정보를 듣고 왔을까?

망해가고 있다고 해도 미국은 미국이었다.

"뒤통수 맞는 것은 한 번이면 족하다고 생각합니다. 제 뒤통수가 그렇게 강한 게 아니라서 말이죠."

"절대 아닙니다. 원하는 게 무엇이든지 모두 드리겠습니다."

"일단 말이라도 들어보는 게 어떠냐?"

신 교수가 불쌍한 표정을 짓고 있는 미국 헌터들에게 동정심을 가졌는지 대화를 권유했다.

"알겠습니다. 그러면 일단 들어는 보겠습니다."

미국 헌터는 신 교수에게 감사의 인사를 전하고는 미국의 사정을 설명하기 시작했다.

다른 나라와 다르지 않게 미국은 몬스터 범람으로 도시 곳

곳이 부서졌고, 몬스터 군대에 의해 빠른 속도로 도시를 뺏기고 있었다.

그리고 시도 때도 없이 불어오는 토네이도 때문에 재정비할 시간조차 없다고 했다.

"미국이 원래 그렇게 토네이도가 많이 부나요?"

"토네이도가 심심찮게 발생하긴 하지만 요즘처럼 하루가 멀다 하고 불어오지는 않았습니다."

강한 토네이도가 하루에도 몇 번이나 생긴다면 이유는 하나였다.

제자 중 한 명이 미국에 있는 것이다.

미국으로 가야 할 이유가 생겼다. 그들이 오지 않았다면 집에서 나갈 생각을 하지 않았겠지만, 제자의 위치를 알게 된 이상 가만있을 수는 없었다.

나는 조나단이 일으킨 사달을 도와달라고 미국에서 항공기를 보내왔을 때와는 비교도 안 될 정도로 낡은 항공기를 타고 미국으로 향했다.

항공기만 봐도 지금의 미국이 얼마나 힘든지 알 수 있었다. 정원이 70명도 되지 않을 정도의 작은 항공기였고, 사장과 50명의 부대원만이 같이 미국으로 갈 수 있었다.

지금 미국이 얼마나 위험한지도 모르는지 서로 가겠다고 난리를 피우는 부대원들을 진정시키고 제비뽑기를 통해 선발

인원을 뽑았다.

불과 며칠 전까지 긴 해외여행을 다녀온 부대원들이었지만, 이번은 행군을 하지 않고 미국을 간다는 말에 신이 나서 너도나도 할 것 없이 손을 들어 지원한 것이다.

해외여행 한 번도 안 가본 사람처럼 흥분하기는.

사실 나도 몬스터 범람이 일어나기 전까지는 한 번도 비행기를 타본 적이 없긴 했다.

제비뽑기를 해서 당첨된 50명의 부대원들은 창문에 붙어 연신 환호성을 질렀다.

"우와, 구름 위에 우리가 있어."

"촌스럽게 왜 이래? 난 이래 봬도 제주도 갈 때 비행기 타본 적이 있다고. 촌스러워서 같이 얘기를 못 하겠네."

부대원들이 떠들다 지쳐 잠이 들었고 항공기는 우리를 싣고 미국에 도착했다.

"저게 정말 미국이야? 여신상은 어디 있어?"

"부서진 지 오래되었습니다. 미국도 몬스터 범람으로 다 부서지고 남은 게 없어요."

미국 상공에 도착하자 사장은 창문에 얼굴을 붙이고 구경했지만, 폐허로 변한 미국에서 구경할 만한 것은 지겨울 정도로 본 몬스터뿐이었다.

공항에 내리자 반가운 사람이 기다리고 있었다. 조나단을 잡기 위해 콤비를 짰던 다니엘이 손을 흔들고 있었다.

"반갑습니다. 다시 얼굴을 보게 돼서 정말 기쁩니다."

"저도 다니엘 씨를 다시 보게 돼서 반갑긴 한데… 또 사기 당할까 봐 겁나네요."

"저도 들어서 알고 있습니다. 제가 아무리 항변을 해봐도 제가 직위가 그렇게 높지 않아 말이 통하지 않았습니다. 죄송합니다."

"다니엘 씨가 죄송할 건 없죠. 전부 못돼 처먹은 윗대가리들이 문제 아닙니까. 다시는 안 볼 것처럼 사기를 쳐 놓고는 위급하니 다시 찾네요."

"이번에는 절대 사기당하지 않도록 제가 계약서를 꼼꼼히 확인해 드리겠습니다."

"괜찮습니다. 이번에도 사기를 치면 제가 엎어버리려고요. 제가 몬스터들보다 무섭다는 것을 보여주죠, 뭐."

내 능력을 잠시나마 엿본 다니엘이기에 내가 한 말이 거짓이 아니라는 것을 느끼고 얼굴이 살짝 굳어졌다.

"그런데 미국에는 도시가 몇 개나 남았나요? 여러 도시를 다녔지만 인간이 만든 도시가 남아 있는 걸 본 건 오랜만이네요."

"몇 개의 도시가 남아 있긴 하지만 풍전등화입니다. 이미 함락되었을지도 모르고요. 여기가 마지막 남은 도시라고 보셔도 됩니다."

우리가 도착한 곳은 미국의 수도인 워싱턴이었고, 이 도시가 미국의 마지막 희망이었다.

다니엘의 안내를 받아 우리는 바로 미국 헌터 협회와 미국 지도부가 모여 있는 백악관으로 이동했다.

백악관을 지키는 것이 마지막 자존심이라고 생각했는지 백악관은 몬스터 범람 이전과 전혀 다르지 않은 모습을 하고 있었다. 얼마나 많은 헌터가 백악관을 지키기 위해 노력했는지 보지 않아도 알 수 있었다.

백악관 주변에는 임시 건물이 즐비했고, 그곳 모두에 헌터들이 모여 살고 있었다.

현재 미국에 남은 헌터가 전부 여기에 있는 것 같았다.

백악관 안의 회의실로 들어가자 미국 헌터 협회장과 대통령, 그리고 국방부장관이 우리를 기다리고 있었다.

"반갑습니다. 바이머라고 합니다. 현재 부족하나마 미국의 대통력직을 맡고 있습니다."

대통령이라고 하기에는 좀 뭣한, 우락부락한 근육으로 몸을 키운 노란 머리의 백인이 나를 향해 악수를 청했다.

"네, 반갑습니다. 저는 추용택입니다. 가진 능력이 되지 않아 사기나 당하고 사는 사람입니다."

미국 대통령과 악수를 하며 슬쩍 협회장을 바라보았다.

다니엘이 특별히 회의장이 떠나가도록 통역을 해주었기 때문에 협회장을 바라보는 다른 사람들의 시선이 곱지 않았다.

그렇게 사람을 봐가면서 사기를 쳤어야지.

나는 은근히 속이 좁다.

"죄송합니다. 저희가 실수했습니다."

협회장이 고개를 숙이며 사과했다.

높은 자리에 있는 사람들은 항상 쉽게 고개를 숙인다. 진심 없이 하는 사과가 좋을 리 없었지만, 그렇다고 해서 계속 이런 일로 시간을 끌 수는 없어 썩은 표정으로 괜찮다고 말하고는 우리를 부른 이유에 대해 물었다.

"미국의 사정이 좋지 않다고는 들었는데, 구체적으로 제가 무엇을 도와드리면 되는 겁니까? 혹시 미국 전역에 몬스터가 한 마리도 남아 있지 않게 해달라는 부탁을 하시는 건 아니겠죠?"

"그렇지는 않습니다. 저희가 그렇게 파렴치하지는 않습니다."

그런 사람들이 잘도 사기를 쳤다.

"그러면 무엇을 도와드릴까요?"

"이번 몬스터 범람이 이전에 비하면 규모가 크긴 했지만, 그렇다고 해서 막아내지 못할 정도는 아니었습니다. 몬스터 범람이 일어나고 저희 헌터들과 군대는 차근차근 그들의 공격을 막아내고 밀어붙이기까지 했습니다. 하지만 점점 몬스터들이 군대화되기 시작했습니다. 거기까지노 충분히 저희의 힘으로 막아낼 수 있었습니다. 밀어붙이기는 힘들어도 막아내는 것은 힘들지 않았습니다. 그런데 어느 순간부터 저희를 향해 토네이도가 불기 시작했습니다. 몬스터들을 피해 우리에게만 토네이도가 불어왔고, 토네이도에 많은 헌터들이 목숨을 잃었습니다. 겨우 맞춘 힘의 균형이 토네이도에 의해 몬스터 쪽으로 넘어갔고, 그때부터 속수무책으로 도시를 빼앗겼습니다."

"말을 들어보니 토네이도가 문제라는 거네요. 그러면 저희가 토네이도가 일어나는 원인을 제거해 주면 되는 건가요?"

"죄송한 부탁이지만 토네이도의 원인을 제거해 주시고 저희를 도와 몬스터들을 사냥해 주십시오. 이미 주도권을 몬스터들에게 뺏긴 상황이라 저희의 힘만으로는 몬스터들을 상대할 수 없습니다."

"알겠습니다. 도와드리도록 하겠습니다. 정확히 힘의 균형이 미국으로 넘어갈 때까지 도와드리겠습니다."

"감사합니다. 정말 감사합니다."

감사하다는 인사만 하고 정작 중요한 말을 꺼내지 않고 있다.

기브 앤 테이크.

주는 것이 있으면 오는 것이 있어야 한다.

그들이 무슨 보상을 줄지 궁금했지만 먼저 물어보기에는 없어 보여 참고 기다려 봐도 보상의 비읍 자도 꺼내지 않고 있는 그들이다.

나는 답답한 마음에 먼저 입을 열었다.

"다 좋습니다. 그런데 저희가 미국을 도와준다면 저희에게 어떤 보상을 주실 건가요? 이건 정확히 따져야 할 것 같아서요. 제가 이미 당한 경험이 한 번 있지 않습니까."

회의장 안의 모든 사람이 협회장을 쏘아보았다. 그가 한 행동 때문에 자신들까지 신뢰를 잃어버렸다고 생각하는 듯 보였다.

"현재 미국에 남아 있는 것이 얼마 없습니다. 하지만 중요 기술을 가지고 있는 기술자들이 여전히 미국에 남아 있고, 다시 마정석 엔진을 부착한 자동차나 모터바이크를 만들어낼 수 있습니다. 그렇게 된다면 가장 우선적으로 추용택 님에게 전에 약속한 양만큼의 모터바이크를 드리도록 하겠습니다."

장사 한두 번 하는 것도 아니고, 터무니없는 조건을 내거는 미국이다.

물론 그들의 사정이 좋지 않다는 것은 알고 있지만 그래도 이건 아니었다.

"저희 그냥 돌아갈까요? 웬만큼 조율이 가능한 조건을 내밀어야 협상을 하지, 이건 너무 일방적이지 않습니까. 차라리 자원봉사를 해달라고 하지."

"지금 미국의 사정이 정말 좋지 않습니다. 언제 다시 공장을 가동할 수 있을지조차 모르는 상황에서 저희가 해줄 수 있는 보상이 그렇게 많지 않습니다. 죄송합니다."

당장 보상을 준다는 것도 아니고 공장이 가동되면 그때 돼서야 준다는 말이다.

공장을 언제 만들고 물건을 언제 만들어낸다는 말인가.

"다른 조건을 말해보세요. 언제 만들지도 모르는 물건을 보상 조건으로 내미는 건 정말 의욕을 떨어뜨리는 소리네요."

"그렇다면 원하시는 조건이 어떻게 되나요?"

"현재 미국에 남아 있는 기술자들은 얼마나 되고, 그들의 기술은 어떤 것인가요?"

"현재 백악관 근처에서 보호하고 있는 기술자들은 천 명 정도 됩니다. 공학부터 건설까지 다양한 기술을 보유하고 있습니다만… 왜 이런 질문을 하시는지 이유를 모르겠습니다."

조나단과 신 교수는 도시를 발전시키기 위해 동분서주하고 있었지만 기술자가 부족했다. 그들만으로는 빠르게 도시를 발전시킬 수 없었다. 새로운 기술자의 유입은 그들에게 좋은 선물이자 도시의 발전을 가속화시킬 수 있는 계기가 될 것이다.

"기술자들을 주십시오."

"사람은 물건이 아닙니다. 저희가 주고 싶어도 드릴 수가 없습니다."

"저도 강제로 기술자들을 끌고 갈 생각은 없습니다. 한국으로 가고자 하는 기술자들만 데리고 한국으로 돌아가겠습니다. 물론 일련의 문제를 해결하고 나서 말입니다."

"알겠습니다. 하지만 아무도 따라가지 않겠다고 해도 문제
삼지 말아주시기 바랍니다."

"저는 누구처럼 한 입으로 두말하는 사람이 아닙니다. 아
무도 저를 따라 한국으로 가지 않겠다고 하더라도 군말하지
않겠습니다."

자신이 있었다. 아무리 고향을 떠나 살아가는 게 힘들다고
해도 이미 폐허로 변한 미국보다는 자신들의 기술을 더 잘 활
용할 수 있는 한국에서 사는 것이 그들에게도 더 좋을 것이
다.

"그러면 본격적인 작전을 짜도록 하죠. 가장 최근에 토네
이도가 불어온 곳이 어디입니까?"

"포토맥 강을 마지막 보루로 삼아 몬스터들의 접근을 막아
내고 있었고, 가장 최근의 전투지는 펜타곤이 있던 곳입니다.
그곳에서 토네이도가 불었습니다."

제자 중 한 명이 펜타곤 근처에서 자리를 잡고 있는 것이
분명했다.

몬스터들을 앞장세우고 뒤에서 상황을 지켜보며 토네이도
를 불게 만들었을 것이다.

"알겠습니다. 그러면 언제 다시 전투를 벌일 생각입니까?"

"저희가 먼저 전투를 벌일 생각은 없습니다. 몬스터들을
방어하기에도 급급한 상황입니다. 지금은 조금 잠잠해졌지

만 내일이 되면 몬스터들이 포토맥 강을 건너 워싱턴으로 접근할 것으로 예상하고 있습니다."

몬스터들을 뚫고 혼자 제자를 찾아가는 방법도 있었지만 좋아 보이지 않았다.

전투로 시끄러워진 순간 그를 쳐야 했다.

그가 미처 나를 파악하지 못했을 때 그를 공격하는 것이 이상적이다.

"그러면 내일 전투가 벌어지면 저는 독자적으로 움직이도록 하겠습니다."

그렇게 회의는 끝이 났다. 보상 문제와 전투 시기 외에는 딱히 나에게 중요한 것은 없었다.

세부 전투 계획은 그들이 짜는 것이지 내가 관여할 문제가 아니었다.

나는 그들이 원한 것처럼 토네이도를 만드는 자를 제거하고 이후 몬스터를 사냥하면 되는 것이다.

회의가 끝난 후, 백악관 바깥에서 가장 깔끔한 임시 건물에 자리를 잡고 쉬고 있는 부대원들과 합류했다.

"어떻게 됐어? 전투는 언제부터 시작한다고 그러디?"

"내일이 D—DAY입니다."

"내일? 번갯불에 콩 구워 먹네. 오자마자 전투라니."

"그러게 왜 따라오신다고 하셨어요. 저는 추수를 데리고 올 생각이었는데. 슈트도 없는 상태에서 치르는 전투가 얼마나 힘든지 잘 알고 계시잖아요."

슈트의 무게는 한 대에 수백 톤이 넘었다. 항공기에 슈트를 태우고 미국으로 올 수는 없었다.

그래도 마정석 수류탄을 1인당 5개 이상을 챙겨 왔기 때문에 부대원들이 위험에 빠질 일은 없어 보이기는 했지만, 슈트를 타고 전투를 치르는 것보다 위험한 것은 사실이었다.

"미국 구경도 하고 마을에 있어봤자 딱히 할 것도 없고… 그러니 따라왔지."

"왜 할 게 없어요. 루카라스 님이 얼마나 목 빠지게 부대원들을 기다리고 있는지 알잖아요. 거기에 있으면 루카라스 님의 친절한 교육을 받으실 수 있잖아요."

"그게 친절한 거냐? 두 번 친절했다가는 천국 직통 열차 타겠다."

사장뿐만 아니라 미국에 따라온 부대원들은 미국 여행을 하고 싶어 온 것이기도 했지만 루카라스의 손을 피해 온 것이기도 했다.

"부대원들이 다치지 않게 잘 챙겨주세요. 저는 내일 따로 움직일 생각이니까요."

"시대에 뒤떨어지게 로브를 입고 다니는 놈이 여기에 있냐?"

"있을 가능성이 높습니다. 내일 전두가 벌어지면 따로 이동해 그를 잡을 생각입니다."

"조심해라. 괜히 무리하다가 다치지 말고."

"제가 누누이 말하지만 맷집 하나만큼은 자신 있다니까요. 제 걱정은 마시고 부대원들이나 잘 챙기세요."

"알았어, 인마. 몬스터랑 싸우는 게 하루 이틀도 아니고 치고 빠지기 정도는 눈 감고도 할 수 있어. 위험한 상황이 오면 뒤도 돌아보지 않고 부대원들을 빼내어 백악관 가장 깊숙한 곳에 숨어 있을 테니까."

내일 있을 전투를 대비해 부대원들은 모두 간단히 몸을 풀고 일직 잠을 청했다.

긴 비행시간과 시차가 그들에게 피로감을 주지는 못했지만, 그들 모두 내일 있을 전투가 쉽지 않을 것이라는 것은 잘 알고 있었기에 억지로 눈을 감았다.

*　　*　　*

포토맥 강은 워싱턴의 마지막 보루였다. 몬스터들이 포토맥 강을 건너기만 한다면 워싱턴은 전장의 중심이 되어버린다.

그렇기에 포토맥 강을 따라 철조망과 방벽이 세워져 있었고, 방벽을 사이에 두고 몬스터와 헌터들이 기 싸움을 하고 있었다.

헌터들은 몬스터들이 움직이길 기다리고 있었고, 몬스터

군대는 누군가의 명령을 기다리고 있는 것 같았다. 그 누군가가 바람의 능력을 사용하는 제자일 가능성이 높았다.

몬스터들은 기다림에 익숙하지 않은지 몸을 움찔움찔하더니 거대한 함성과 함께 몸을 날려 돌진하기 시작했다.

전투가 시작되면 틈을 노려 그에게 다가가자.

이제는 은신을 하고도 기운을 사용할 정도로 은신에 능숙했다.

몬스터가 돌진하고 있는 포토맥 강을 역으로 거슬러 올라갔다.

몬스터 군대가 모두 돌진하고 난 뒤라 주변에 개미 새끼 한 마리도 보이지 않았다.

어딘가에 쥐새끼처럼 숨어 있는 그를 찾아야 한다.

어디에 있을까?

고개를 들어 하늘을 바라봤다.

바람의 능력을 가진 그가 몸을 숨길 곳은 하늘이지 않을까 생각해서였고, 내 생각이 맞다는 걸 알 수 있었다.

하얀 날개를 달고 있는 존재 하나가 하늘 높은 곳에서 전투를 지켜보고 있었다.

기운으로 사물을 확인할 수 있기 때문에 그를 발견할 수 있었다.

구름 위에서 천사라도 되는 것처럼 몬스터들을 부리고 있는 그의 모습이 보기 좋지는 않았다. 누구는 몬스터를 피해 조심스레 여기에 왔건만, 그는 마음 편하게 하늘에서 전투를 지켜보고 있다니.

나는 바람의 기운을 끌어 올려 하늘 위로 올라갔다. 그가 있는 구름 위까지 다가갔는데 그는 아직까지 나를 발견하지 못하고 있었다.

언제 토네이도를 만들지 각을 잡고 있는 건가?

두 눈을 바삐 움직이고 있는 그는 자신의 뒤에 누군가가 있다고는 생각지 못하고 있을 것이다.

최대한 그에게 가까이 다가가야 했다.

기척을 완전히 지우고 그의 바로 뒤까지 접근했다.

어깻죽지부터 달려 있는 날개는 가짜가 아니었다. 매일 관리를 하는 듯 풍성한 털에 윤기가 흐르고 있었다.

지금이 기회였다. 나는 그의 날개 사이에 있는 척추를 노리고 공격해 들어갔다. 단숨에 등을 관통시킬 생각이다.

이 정도 공격으로는 죽지 않겠지.

주먹에 바람의 세 가지 기운을 실어 그의 등을 향해 휘둘렀다.

뭐지?

주먹에서 들려와야 할 타격음이 들리지 않았다. 둔탁한 타격음 대신 바람을 가르는 소리만을 만들어내었다.

"누구냐? 어떻게 여기까지 올라왔지?"

공격하는 순간 그가 나의 기운을 감지하고 몸을 피한 것이다.

바람의 능력을 가진 그답게 빠른 반응 속도를 가지고 있었다.

"제가 누군지 그건 중요한 일이 아니지요. 우리가 적이라는 게 중요하죠."

그에게 내가 누구인지 알려주고 싶지 않았다.

지옥에서 나의 이름을 부르고 원통해할 그를 위해서였다.

이미 두 제자의 능력을 흡수했고 죽음의 기운까지 있기에 자신 있었다. 그가 아무리 강한 능력을 가지고 있다고 해도 모조리 부숴줄 자신이.

"감히 인간 따위가 나에게 그런 눈빛을 보내다니… 용서할 수 없다."

내가 자신을 맛있는 먹잇감으로 보고 있다는 걸 느낀 건가?

그는 내 눈빛에 마음이 상한 듯 거세게 반응했다.

순식간에 바람이 날카롭게 변해 내 몸을 향해 날아들어 왔다.

하지만 그만 바람의 능력을 사용할 수 있는 것이 아니었다.

나도 바람의 칼날을 만들어내어 그의 기운에 대적했다.

지금은 전초전이다. 서로가 가진 능력이 얼마나 대단한지 파악하는 단계였다.

그가 만든 바람의 칼날과 내가 만든 바람의 칼날이 허공에서 부딪쳤다.

세 가지 기운이 합성되어 있는 바람의 칼날은 모래 방어막은 뚫지 못했지만 그가 만든 바람의 기운을 상쇄할 수는 있었다.

내가 만든 바람의 칼날도 무사하지는 못했다.

이번 공격은 무승부였다. 어느 누구도 피해를 입히지 못했고 무기만 부서진 형국이다.

그가 나를 바라보는 눈빛이 변했다.

인간이라고 무시하는 눈빛에서 호적수를 바라보는 눈빛으로.

구름 위에서 내가 나타날 때부터 저런 눈빛을 해야 되는 것이 아니었나? 하늘을 나는 인간을 본 적이 없고 자신의 강함을 과신하는 게 아니라면 말이야.

육체의 반응 속도와 달리 두뇌의 회전 속도는 그렇게 빠르지 않아 보였다.

1차 공격이 서로 무승부로 끝나자 그는 더욱 강한 공격을 준비하는 듯 주변의 바람이 거세게 불기 시작했다.

바람은 금세 토네이도의 모습을 하고 나에게 공격해 들어왔다.

바람의 기운을 사용할 수 있는 능력자라면 백이면 백 토네이도를 만들어 공격할 것 같다.

그들에게는 생각의 유연성이 부족했다.

그렇다고 그의 공격이 매섭지 않다는 것은 아니다.

사방을 둘러싸고 다가오는 토네이도의 흡입력은 상당했다. 바람의 기운으로 몸을 지탱하고 있었지만 휘청거릴 정도다.

피할 곳은 없었다. 지금 생각나는 것은 하나뿐이었다.

흡수하고 한 번도 사용하지 않은 모래 방어막을 만들 생각이다.

모래가 부족하지는 않았다. 토네이도는 하늘과 땅이 연결되어 일어나고 있었기에 흙먼지를 동반하고 있었다.

충분한 양의 모래가 있다면 모래 방어막을 사용할 수 있었다.

'내가 그렇게 고생한 모래 방어막을 너도 한번 느껴봐라.'

나는 모래 방어막을 만들어 몸 전체를 보호했다.

모래 방어막 안은 조용했다.

시야는 물론이고 소리까지 모래 방어막을 통과하지 못하는 듯 바깥에서 거친 소리를 만들고 있는 토네이도의 소리가 하나도 들리지 않았다.

눈으로 볼 수 없고 귀로 들을 수 없으니 기운을 이용해 바깥 상황을 살폈다.

토네이도는 한참 동안이나 방어막을 뚫기 위해 여기저기를 찔러보고 있다.

내가 처음 모래 방어막을 보았을 때처럼 말이다.

토네이도로 날 어쩌겠다는 생각은 결국 포기했는지 갑자기 토네이도가 사라졌다.

나는 모래 방어막을 풀었다.

모래 방어막이 하늘에 날려 사라지자 하얀 날개를 웅장하게 달고 있는 그가 나에게 다가왔다.

"어떻게 이 능력을 네가 사용하는 거지? 너는 누구냐?"

벌써 한 번 말해주었는데도 계속해서 질문하는 그였고, 나는 그의 질문에 대답을 해줄 생각이 없었다.

"인간 따위가 사용하면 안 되는 능력인가 보네요. 토네이도 공격은 나름 괜찮았습니다. 이제 제 차례인가요?"

제자들의 능력은 뛰어났다. 오행의 기운은 몬스터들을 상대하기에는 좋았지만 그들을 상대하기에는 약했다. 그의 힘을 조금 줄여야 할 필요가 있었다.

검은 아지랑이가 몸 밖에서 일렁거린다.

죽음의 기운을 사용하여 그의 생명력을 줄이는 방법이 그를 상대하기에 가장 좋겠지.

"아니, 죽음의 기운까지 사용하다니, 너는 정말 정체가 뭐냐?"

"여러 가지 사정이 있는 사람입니다. 인간 따위의 사정을 물어볼 필요가 있나요?"

검은 아지랑이가 그의 날개를 향해 이동했다. 검은 아지랑이가 먹잇감을 잡아먹기 쉽게 하기 위해 바람의 벽을 그의 옆에 세웠다.

펑!

그가 바람의 능력을 사용한다는 것을 잊었다.

그는 내가 만든 바람의 벽을 너무도 쉽게 허물고는 검은 아지랑이의 곁에서 벗어났다.

생명의 구슬을 만들어야 하는 건가?

생명의 구슬의 흡입력은 토네이도의 흡입력보다 강하면 강하지 약하지는 않을 것이다.

생명의 구슬을 만들기 위해 생명의 기운을 꺼내 들려고 했다.

"생명의 기운까지 사용하다니."

내가 제자들의 기운을 사용해서 놀란 건가?

약간은 겁에 질린 듯한 그의 얼굴이 보인다.

생명의 구슬을 만드는 것이 능숙하지 않았기에 조금 시간이 걸렸다.

손에서 밝은 빛이 나오기 시작했고, 얼마 지나지 않아 생명의 구슬을 만들어내었다.

"이제 끝낼 시간입니다."

나는 생명의 구슬을 그를 향해 던졌다. 생명의 구슬은 엄청난 흡입력을 선보이며 그에게 날아갔다. 바람의 기운까지 더해 던진 생명의 구슬은 빠르게 그에게 다가갔지만 목적을 달성하지는 못했다.

"도망을 가다니. 참 나."

이때까지 제자와의 전투에서 그들이 먼저 도망간 적은 한 번도 없었다.

하지만 이번 상대는 달랐다.

그는 나를 이길 수 없다고 생각되자 망설이지 않고 날개를 움직여 도망갔다.

이미 시야에서 보이지 않을 정도로 빠르게 날개를 움직여 도망간 그를 쫓아갈 능력은 되지 않았다.

"저 능력을 가지고 있으면 세계 일주도 한 달이면 할 수 있겠네."

비행기의 속도보다 빠르게 시야에서 사라진 그의 능력이 아쉬웠다.

그가 사라진 하늘에 더는 떠 있을 필요가 없었다.

그를 잡지는 못했지만 토네이도를 만드는 원인을 제거한 것은 맞았다.

그가 여기에 다시 돌아올 일은 없어 보였으니까.

위험하다고 생각되어서 도망간 그였으니 절대 돌아오지 않을 것이다.

나는 그가 한 것처럼 구름 위에서 전장을 바라보았다.

몬스터와 헌터들이 치열하게 싸우고 있다. 누가 유리하다고 할 수 없을 정도로 치열한 전장이다.

치열한 전투는 다른 말로 지루한 전투이기도 했다.

팽팽한 힘겨루기는 시간을 너무 많이 잡아먹는다.

끈의 한쪽을 잡아당겨 줄다리기를 끝내야 한다.

펑!

익숙한 폭발음이 들려온다.

부대원들과 몬스터 도시를 파괴할 때 자연계 몬스터를 가루로 만들던 마정석 수류탄이 터지는 소리였다.

마정석 수류탄을 가지고 있는 헌터는 부대원들밖에 없다.

폭발이 일어난 곳을 향해 몸을 날려 이동했다.

급박한 표정을 하고 있는 미국 헌터들과는 달리 동네 마실 나온 것처럼 여유로워 보이는 부대원들이 보인다.

"뭐하세요?"

"어, 왔어? 몬스터 구경하고 있었지. 네 말처럼 위험한 전투는 절대 참여하지 않고 마정석 수류탄이나 간간이 던지면서 언제든지 도망갈 준비를 하고 있었어."

아무리 위험한 전투를 하지 말라고는 했지만 그렇다고 이런 모습을 하고 있을 거라고는 예상하지 못했다.

역시 사장은 내가 생각하는 그 이상을 하는 사람이었다.

"그런데 마정석 수류탄을 항상 자연계 몬스터에게만 써서 잘 몰랐는데 파괴력이 장난 아니다. 순식간에 몬스터가 정리되네."

"네, 잘하셨습니다. 조나단이 좋아하겠네요."

나는 비아냥거리며 사장에게 말했지만, 그는 크게 신경 쓰지 않는 듯 여전히 여유로운 상황을 만끽하고 있었다.

"그런데 벌써 잡아먹고 오는 거야?"

"도망갔습니다. 사내놈이 치사하게 도망가더라고요."

"도망가는 게 뭐 어때서. 위험하면 도망가는 게 당연하지."

도망갈 준비를 하고 있던 사장이기에 할 수 있는 말이다.

"그러면 이제 토네이도 걱정은 하지 않아도 되겠네."

"그렇습니다. 이제는 본격적으로 몬스터 사냥을 할 시간입니다."

"오케이."

사장은 옆에서 마정석 수류탄으로 던지며 놀고 있던 부대원들을 쳐다보며 말했다.

"심심했지? 토네이도 걱정은 이제 하지 않아도 된다고 하네. 여기까지 왔는데 몸은 풀고 돌아가야 하지 않겠어? 무서운 놈들은 빠지고 몸 풀고 싶은 놈들만 돌격!"

부대원 중에서 전투를 좋아하지 않는 사람은 없었다.

그들은 마정석 수류탄을 주머니에 다시 집어넣고는 뒤도 돌아보지 않고 몬스터들을 향해 달려갔다.

드래고니안의 수련 덕분에 완성된 육체를 가지고 있는 부대원들이고, 미국 헌터들과는 차원이 다른 움직임을 선보이며 몬스터들을 도륙하기 시작했다.

"너는 놀고 있으려고?"

"그럴 리가 있습니까. 저도 몸 좀 풀어야죠. 영 찝찝하게 전투가 끝나서 몸도 제대로 못 풀었어요."

부대원들의 뒤를 따라 나와 사장이 달려 나갔고, 전장에는 몬스터들의 울음소리가 울려 퍼졌다.

제2장
인재 영입

PURE
BREED
HUNTER

엄청난 속도의 빛살이 구름 사이를 헤치며 이동하고 있다.

빛살의 속도가 점점 줄어들었고, 날개를 달고 있는 존재가 모습을 드러냈다.

"젠장, 인간 따위한테 도망을 치다니. 이 굴욕은 반드시 갚아주고 말 테다."

그가 도망친 곳은 그가 인간 세계로 넘어와 만든 보금자리였다.

높은 산 중턱에 만들어둔 보금자리는 지금 가장 안전한 장소이기도 했다.

보금자리 안으로 들어가려는 그의 발걸음이 멈추었다.

자신만의 안전지대에 누군가의 기척이 느껴졌기 때문이다.

"누구냐?"

"접니다. 그동안 건강하셨습니까?"

보금자리 안에서 검은 로브를 입은 사내 한 명이 걸어나오자 보금자리의 주인은 가슴을 쓸어내리며 검은 로브를 반겼다.

"여기는 무슨 일로 찾아온 거냐? 아니, 잘 왔다. 같이 상대할 놈이 하나 있다."

하얀 날개를 가진 그는 자신을 찾아온 검은 로브와 힘을 합쳐 자신을 괴롭힌 인간을 죽일 생각을 했다.

"그보다 먼저 제가 물어보고 싶은 것이 있습니다."

"무엇을 말이냐? 지금 그럴 시간이 없다. 어서 움직이지 않으면 내 소중한 몬스터들이 다 죽을지도 모른단 말이야."

"금방 끝나는 질문입니다. 이 질문이 그따위 몬스터들보다 백배는 중요합니다."

날개의 주인이 본 검은 로브의 사내는 항상 굳은 얼굴을 하고 있긴 했지만, 오늘처럼 어두운 얼굴을 하고 있는 것은 스승을 봉인시킬 때를 제외하고는 처음이다. 때문에 그의 질문이 중요한 일이라는 것을 느꼈다.

"스승님을 보고 싶지 않으십니까?"

"그 질문을 하려고 여기까지 온 거냐? 물론 나도 스승님을 보고 싶지. 하지만 그럴 수 없다는 걸 너도 잘 알고 있지 않느냐."

"저는 모르겠습니다. 왜 스승님을 다시 볼 수 없다고 하시는지. 스승님을 가둔 봉인을 저와 힘을 합쳐 풀지 않으시겠습니까? 이미 여러 제자가 저와 힘을 합치기로 했습니다."

"누가 그런 제의를 받아들였단 말이냐? 생각이 있는 거냐, 없는 거냐? 스승님이 다시 돌아온다면 몬스터 월드의 균형은 깨진단 말이야!"

"결국 제의를 받아들이지 않겠다는 말씀이시군요."

검은 로브의 사내가 처진 어깨를 하고 그에게 다가갔다. 고개까지 숙이고 있는 그의 모습이 안쓰러웠는지 검은 로브의 어깨에 손을 얹으려고 하는 그다.

푹!

순간 검은 로브의 사내 손이 그의 배를 찢었고 검은 아지랑이가 그의 몸을 휘감았다.

"네가 왜……?"

"다른 제자들도 제 몸 안에서 스승님의 부활을 도울 겁니다. 당신도 그렇게 되겠죠."

검은 아지랑이에 그의 생명력과 기운이 모조리 빨려들어 갔다.

51명.

몬스터와 미국 헌터들에 비하면 터무니없이 적은 숫자였지만 전쟁의 판도를 바꾸기에는 충분한 숫자였다.

부대원들은 몬스터들 사이에서 날뛰었다.

그들이 상대할 몬스터는 차고 넘쳤다. 그들은 근래 슈트를 입고 전투를 했고, 그런 일방적이고 시시한 전투는 부대원들의 갈증을 채워줄 수 없었다.

검으로 몬스터의 몸을 조각내고, 몬스터의 주먹을 흘려 팔을 꺾어버리는 부대원들이다.

그런 부대원을 보고 있자니 나도 신바람이 나서 날뛰었다.

제자를 상대하기에는 마땅치 않은 오행의 기운이었지만 일반 몬스터를 상대하기에는 차고 넘치는 힘이었다.

바람의 칼날이 수백 마리 몬스터의 가슴을 가르고 지나갔고, 땅에서 솟구쳐 오른 거대한 손이 몬스터들을 넘어뜨렸다. 쓰러진 몬스터들을 향해 부대원들이 달려가 일방적인 사냥을 했다. 우리는 신이 나서 태양이 지고 있다는 것도 인지하지 못한 채 몬스터를 사냥해 포토맥 강을 몬스터의 피로 물들였다.

"몸 풀기 운동치고는 너무 과했나요?"

"아니야. 이 정도가 딱 적당해. 땀도 나고 상쾌한 기분이라 오늘은 설치지 않고 편안히 잠들 수 있겠네."

백악관 옆에 있는 임시 숙소로 돌아온 우리는 간단히 몸을 씻어내고 오늘의 무용담을 자장가 삼아 잠을 청했다. 모든 부대원이 자신의 침대에서 잠을 청할 때 나는 회의에 끌려가야 했다.

내일 아침에 해도 될 회의를 왜 지금 하는 건지.

어제와 다르지 않은 멤버가 회의장 안에 있다. 하지만 그들의 얼굴은 어제와 다르게 밝은 미소를 띠고 있었다.

"오늘 수고하셨습니다. 추용택 님뿐만 아니라 부대원 모두 수고가 많으셨습니다. 덕분에 오늘 대승을 할 수 있었습니다."

확실히 그랬다. 자랑이 아니라 우리가 없었다면 오늘 포토맥 강은 몬스터의 피가 아니라 미국 헌터들의 피로 물들었을 것이다.

"저희만 고생했나요. 다들 힘을 합쳐 만든 결과입니다."

좀 더 으스대고 싶었지만 겨우 참아내었다.

"오늘은 토네이도가 모습을 드러내지 않았습니다. 추용택 님이 처리하신 겁니까?"

어떻게 말해야 하지? 토네이도를 만드는 존재가 도망갔다고 해도 될까?

미국 놈들을 믿을 수 없었다. 그 핑계를 대고 나를 미국에서 붙잡으려고 하거나 제대로 된 보상을 주지 않을 수도 있었다.

"그렇습니다. 장담은 하지 못하지만 당분간은 토네이도가 모습을 드러내지 않을 겁니다."

나는 분명 장담은 못 한다고 말했다. 거짓말은 아닌 것이다.

"감사합니다. 오늘 전투로 힘이 드시겠지만 조금만 더 도와주십시오."

미국 헌터 협회장은 테이블 위로 미국 지도를 펼쳐 보이며 다음 전투 예상 지역을 나에게 설명해 주기 시작했다.

그의 설명이 귀에 들어오지 않았다. 전투 계획 같은 것은 내가 없어도 그들끼리 충분히 할 수 있는 일이다. 나는 그저 그들이 정한 전투 지역에서 날뛰기만 하면 된다.

하지만 차마 그들을 두고 회의실을 나갈 수 없기에 멍하니 회의실을 지켰다.

"무슨 회의를 두 시간이나 하고 그래? 사람이 밤이 되면 잠을 자야지. 하여튼 윗대가리 놈들은 의자에 앉는 것을 너무 좋아한다니까."

달이 하늘 높이 떠서야 끝난 회의에 지쳐 빠르게 숙소로 뛰어갔다.

그렇게 졸리지는 않았지만 폭신한 침대의 감촉을 느끼고 싶었다.

다음 날이 되자 우리는 어제와 다름없이 몬스터 사냥을 했다.

위치만 바뀌었을 뿐 우리가 하는 일은 똑같았다.

처음 며칠간은 신나서 날뛰던 부대원들도 슬슬 지겨워하는 것이 눈에 보였다.

미쳐 날뛰던 그들이 이제 슬슬 움직이기 시작했다.

그렇다고 해서 1인분을 하지 않는 것은 아니었다. 미국 헌터들에 비하면 5인분 이상을 하고 있는 부대원들이기 때문에 그들의 행동에 아무도 불평을 할 수 없었다.

부대원들이 지겨워한다고 해서 나까지 그럴 수는 없었다.

지겨운 일은 최대한 빨리 끝내면 되는 것이다.

나는 오행의 기운을 극성으로 사용해 몬스터들을 사냥했고, 점점 사냥 시간이 짧아졌다.

이제 부대원들은 나의 뒤에서 구경하고 있기까지 했다.

특히 사장은 휘파람까지 불어대면서 나를 응원했다.

여기에 사냥을 하러 온 건지 응원을 하러 온 건지 헷갈리기까지 했다.

"요 며칠간 저 혼자 사냥하는 기분이 듭니다, 사장님."

"아니야. 전부 기분 탓이야. 우리가 뒤에서 얼마나 열심히 너를 서포트하고 있는데. 그건 그렇고, 언제까지 미국에 있어야 되는 거야? 어느 정도 몬스터 청소는 끝난 것 같은데… 자기 나라 일을 스스로 해야지 우리에게 매달리기만 하면 안 되지."

언제는 미국에 오고 싶다고 소리까지 버럭버럭 지르던 사장이었건만, 이제는 하루라도 빨리 한국으로 돌아가고 싶어

했다. 딱히 구경거리도 없는 미국이 질릴 만도 했다.

나도 이제 슬슬 한국으로 돌아가야겠다고 생각하고 있었다.

오늘 있을 회의에서 내 입장을 전할 생각이다.

백악관에서 벌어지는 일일 회의는 항상 전투가 끝난 늦은 시간에 시작되었고, 나는 회의 내용을 한 귀로 듣고 흘리기만 할 뿐, 딱히 나서서 의견을 제시하진 않았다.

처음에는 조금은 못마땅하게 생각하던 미국 수뇌부도 이제는 그러려니 했다.

"회의를 시작하기 전에 제가 먼저 한마디 해도 될까요?"

회의를 시작하고 처음으로 내가 먼저 입을 열었다.

나의 옆에서 통역사로 자리를 지키고 있던 다니엘마저 놀라 통역할 타이밍을 놓쳐 버렸다.

"이제 슬슬 돌아갈 시기가 왔다고 생각합니다. 이미 워싱턴 주변의 몬스터는 완전히 토벌했고 더는 우리가 없어도 충분히 몬스터들을 사냥할 수 있다고 생각됩니다. 저희가 처음 약속한 것들을 완전히 수행했다고 생각합니다. 저희는 이만 돌아가도록 하겠습니다."

"안 됩니다. 아직 정리하지 못한 지역이 너무나도 많습니다. 지금 돌아가신다면 계획에 큰 차질이 생깁니다."

인간의 욕심은 끝이 없는 법이다. 처음 약속한 것보다 더 많은 지역을 되찾을 수 있도록 도와주었건만 더 많은 것을 요구하고 있는 그들이다.

지금 정확하게 선을 그어야 했다.

"제가 약속을 지키지 않았다고 생각하는 겁니까? 그래서 이대로 떠나면 보상을 주지 않겠다고 말하실 겁니까?"

"그건 아닙니다. 처음 약속보다 더 많이 도와주셨다는 것을 저희도 알고 있습니다. 하지만 조금만 더 도와주시면 미국은 빠르게 안정을 찾을 수 있습니다."

미국의 안정을 찾는 것을 왜 나에게 기대는 것일까. 처음부터 나는 그들의 조력자로 이곳에 왔다. 나는 미국 소속도 아니고 그들을 도와줄 이유도 없었다.

내가 없더라고 해도 충분히 몬스터들을 막아낼 능력이 있는 미국이다.

지금 그들이 나에게 하는 부탁은 투정과 다르지 않았다.

"또 사기를 치려는 겁니까? 제가 그렇게 만만하게 보이십니까? '한 번 당했으니 이번도 당하겠지' 라고 생각하는 겁니까?"

"아닙니다. 절대 그런 의미로 한 말은 아닙니다. 단지 아쉬운 마음에 붙잡은 겁니다."

이제야 말이 좀 통하네. 역시 사람은 약하게 나가면 아무것도 하지 못한다.

강하게 나가야 할 때는 강하게 나가야 쉽게 보시 않는다.

"그러면 내일 기술자들을 모아주시기 바랍니다. 혹시나 해서 드리는 말인데, 만약 허튼짓을 하면 제가 어떻게 변할지 저도 모릅니다."

기술자들에게 협박을 하거나 회유를 하지 말라는 의미로 한 말이다.

미국 놈들의 얍삽함은 진즉 알고 있었고, 경고를 해줄 필요가 있었다.

"알겠네. 기술자들에게 아무런 말도 하지 않고 백악관 안의 강당에 모아놓겠네."

미국 대통령이 한 말이다. 대통령이나 되는 사람이 거짓말을 하지는 않겠지.

"그러면 한국으로 돌아갈 비행기는 언제 출발할 수 있겠습니까?"

"자네를 따라갈 기술자들도 준비가 필요하지 않겠는가? 한국에 처음 가는 기술자도 있을 건데 준비할 시간이 필요하다네."

"그렇겠군요. 그러면 정확히 5일 후에 한국으로 돌아가겠습니다. 그전까지 비행기의 이륙 준비를 마쳐주세요."

기술자 중 한 명이라도 나를 따라 한국으로 간다면 나는 5일 동안 미국 헌터들을 도와 몬스터를 사냥해 줄 생각이다.

굳이 내 생각을 입 밖으로 내지는 않았다. 괜히 미국 놈들이 꼼수를 쓸지도 몰랐다.

나의 힘을 빌리기 위해 기술자가 아닌, 평범한 사람을 한국으로 가게 할지도 모르는 일이었다.

미국에 대한 불신이 머리 가득 메우고 있었기에 말 한마디도 생각하며 내뱉었다.

다음 날 아침이 되자 정말 기술자들이 강당에 모여 있었고, 그들은 어리둥절한 표정을 지으며 웅성거렸다. 그들이 모두 연기를 배운 게 아니라면 특별히 언질을 받은 것 같진 않아 보였다. 나는 다니엘을 대동하고 강당 위의 무대로 뛰어올랐다.

이렇게 많은 외국인 앞에서 말을 하는 것은 처음이지만, 내가 영어로 말할 것도 아니었기에 긴장되지는 않았다. 오히려 다니엘이 긴장한 표정을 하고 있다.

"오늘 여러분이 여기에 모인 것은 제가 요청했기 때문입니다."

웅성웅성.

기술자들의 웅성거리는 소리가 커졌다.

헌터가 아닌 사람들인지라 내가 누군지 정확히 모르고 있는 사람이 대부분이었다.

"저와 함께 한국에서 일할 사람을 모집하고 있습니다. 제가 살고 있는 도시는 세계 어디보다도 안전하다고 자부할 수 있습니다. 끼니 걱정을 하지 않고 능력을 펼칠 수 있는 가장 최적의 도시입니다. 저와 함께한다면 절대 후회하지 않으실 겁니다."

웅성거리는 소리가 더욱 커졌다. 갑자기 이런 제안을 듣는다면 나라도 궁금증이 폭발해 입을 가만히 두지 못했을 것이다.

"질문이 있으면 누구든지 손을 들어 질문해 주십시오. 최대한 자세히 답변해 드리겠습니다."

서로의 눈치를 보며 손을 들지 않는 기술자들 중에서 가장 선두에 있는 백발의 신사 한 명이 손을 들었다.

"만약 한국으로 가게 된다면 우리가 받을 대우가 무엇인지 궁금하다네."

"어떤 대우를 약속해야 좋을지 몰라 아직 정확히 생각하지는 못했습니다만 몇 가지 약속을 드릴 수는 있습니다. 더는 몬스터 걱정을 하지 않고 생활할 수 있다는 것과 식량 걱정을 하지 않도록 해주겠다는 겁니다. 이미 한국에는 몬스터의 씨가 말랐습니다. 그리고 자급자족이 가능할 정도의 농장과 목장을 구축해 놓은 상태입니다."

처음 보는 사람의 말을 믿을 사람이 얼마나 될까?

그들은 의심 가득한 눈으로 나를 쳐다보고 있었다.

내 말을 믿을 수 있는 무언가를 보여달라는 눈빛이다.

무엇을 보여주어야 그들의 마음을 사로잡을 수 있을까?

내가 그들에게 보여줄 수 있는 것은 힘뿐이었다.

몬스터 범람의 시대인 지금 가장 중요한 것은 힘이었다. 그들이 태어나서 한 번도 보지 못한 광경을 보여줄 생각이다.

"잠시 밖으로 나와주시겠습니까?"

강당은 기운을 보여주기엔 너무 협소한 장소였다. 나와 기술자들은 백악관 밖으로 나왔고, 그들의 눈은 나에게 집중되어 있다.

그들의 기대를 충족시켜 주어야 한다. 한 명 한 명이 소중한 재원이었다.

무엇을 보여주면 될까?

그들이 뭐를 좋아할지 모르겠다면, 모조리 다 보여주는 수밖에 없다.

땅의 기운을 주축으로 세 가지 기운을 사용하여 장벽을 만들기 시작했다.

눈앞에서 솟아오르기 시작한 장벽의 모습에 그들의 눈이 크게 떠지기 시작했다.

이제 시작인데 놀라기에는 이르지.

바람의 칼날이 화려하게 휘몰아쳐 백악관 주변에 있는 나무 기둥을 잘라내었다.

얼마 남지도 않은 나무를 잘라냈다고 혼나지는 않겠지?

나중에 혼이 나더라도 지금은 그들의 시선을 뺏는 게 더 중요했다.

그 외에도 갖가지 시연을 보인 후 이제 하이라이트.

사람의 꿈은 여러 가지가 있겠지만, 그중 하나가 하늘을 나는 것이다.

기술자 중에서 고소공포증이 있는 사람이 없기를 기도하며 그들을 하늘 위로 떠오르게 하였다. 그들과 함께 하늘을 잠시 날았다.

높은 곳에서 백악관을 바라본 적이 있을까?

하늘을 처음 날아오를 때의 두려운 눈빛을 지우고 바람의 기운에 몸을 맡기고 있는 기술자들이다. 그들은 백악관 안에서 갇혀 지내야 했기에 답답했을 것이다.

잠시나마 하늘을 날며 자유를 만끽한 기술자들이 다시 땅으로 돌아왔을 때 그들의 얼굴은 상기되어 있었다.

이제 내가 보여줄 만한 것들은 다 보여준 것 같다.

그들의 선택만이 남았다.

고민에 빠져 있던 그들 중 한 명이 손을 들었다.

"만약 한국에 가게 된다면 가족들은 어떻게 되는 겁니까?"

"당연히 같이 한국으로 가게 될 겁니다. 도시 사람들 모두 친절한 사람들이니 텃세는 걱정하지 않아도 좋습니다."

"그렇다면 저는 한국으로 가겠습니다. 더는 이 지겨운 곳에 있기 싫습니다. 가서 제 능력을 펼치고 싶습니다."

"어떤 기술을 가지고 계신가요?"

"저는 대학에서 건축을 전공해 건축업에 20년 이상 종사했습니다."

건축이라고 하면, 지금 도시에 꼭 필요한 인재였다. 무조건

한국으로 데려가야 하는 인물이었다.

"환영합니다."

한 명이 한국으로 가겠다고 선언하자 웅성거림이 사라졌다. 진지하게 고민에 빠진 것이다.

"지금 당장 결정을 내리라고 하지는 않겠습니다. 저희는 5일 후에 한국으로 넘어갈 것입니다. 그전까지만 결정을 내려주세요."

한 명이 넘어왔으니 5일 동안 미국을 도와 몬스터 사냥을 해줄 생각이다.

얼마나 많은 수의 기술자가 우리를 따라 한국으로 넘어갈지는 모르겠지만 그들 모두를 소중히 여길 것이다.

*　　　　*　　　　*

기술자 한 명 덕분에 미국은 5일 동안 우리의 지원을 받아 싸울 수 있었다.

사실 말이 지원이지 우리가 앞장서 몬스터를 사냥하고 그들은 뒤에서 부산물이나 줍는 식이었다.

이전과는 달리 여유가 있는지 꼼꼼히 마정석까지 추출하는 미국 헌터들의 모습에 한마디 하려다가 참았다.

어차피 5일 후면 더는 보지 않을지도 모르는 사람들에게 나쁜 말을 해봐야 내 평판만 나빠질 뿐이다.

정확히 5일이 흘렀고, 우리는 우리를 한국으로 데려다줄 항공기 앞에 서 있었다.

"몇 명이나 오려나?"

"그래도 이미 열 명은 저희를 따라간다고 했으니 최소 열 명 이상은 될 거예요. 많으면 열다섯 명 정도 되지 않을까요?"

"그런데 기술자들이 중요하다고는 나도 느끼고 있지만, 미국을 구해준 대가치고는 너무 약소한 거 아니야?"

"그러면 다 망해가는 나라한테서 뭘 더 뜯어내겠어요."

"그렇긴 하네. 미국이 어쩌다가 이런 꼴이 되었냐. 언제는 세계 제일의 나라라며 간섭이란 간섭은 다 하고 다니던 나라였는데."

사장과 대화를 나누다 보니 출발 시간이 다 되었고, 소수의 기술자들이 속속 도착하기 시작했다. 그들의 짐은 많지 않아 보였다. 한국에서 정착하기 위한 모든 물품을 내가 지원해 주기로 약속했기 때문에 공구나 책을 가지고 온 것을 빼면 거의 맨몸으로 비행기에 올라타는 기술자들이다.

"야, 비행기 시간 다 되었는데 다섯 명밖에 안 왔는데? 너 또 당한 거 아니냐?"

다섯 명. 적은 숫자이기 하지만 그들이라도 같이 한국으로 가는 게 어디인가.

비행기 시간이 다 되었음에도 기술자들의 모습은 더 보이지 않아 나와 부대원들은 비행기에 올라탔다.

내가 연설 실력이 떨어지는 건가? 그건 아닐 거야. 분명 다니엘이 제대로 통역을 하지 못해서 이런 사달이 생긴 게 분명해.

나는 적은 수의 기술자가 한국행 비행기를 탄 이유를 다니엘 탓으로 돌리고 비행기 좌석에 몸을 박아 넣었다.

"용택아, 저기 오고 있는 사람들 기술자 아니야?"

사장의 말에 급히 창문을 바라보니 50명이 넘는 사람들이 보따리를 들고 비행기를 향해 달려오고 있다.

"뭐하세요, 얼른 짐 들어드리지 않고?"

부대원들을 비행기 밖으로 다시 보내 기술자들과 그의 가족들이 가지고 온 짐을 비행기에 싣게 도와주었다.

역시 내 연설이 나쁘지는 않았던 거야.

50명이라니. 가족과 함께 왔다고 해도 최소 20명 이상의 기술자들이다.

이 모든 공은 나의 덕이다. 절대 다니엘이 통역을 잘해서 이룬 성과가 아니었다.

암, 그렇고말고.

비행기에 탄 기술자들과 그 가족들의 표정은 다양했다.

긴장감에 손을 떠는 사람도 있고 설렘에 얼굴이 붉게 물든 사람도 있었다.

그들을 태운 비행기가 이륙하기 위해 조금씩 움직이기 시작했다.

이대로 비행기가 뜨면 그대로 한국에 도착하는 것이다.

가만히 눈을 감았다. 비행기가 한국에 도착하면 기술자들을 보고 좋아할 신 교수와 조나단을 생각하니 흐뭇한 미소가 지어졌다.

그때 익숙한 기운이 주변에서 느껴졌다.

눈을 감고 있었기 때문에 이 기운을 느낄 수 있었다.

"잠시만 비행기를 멈춰주세요. 금방 다녀올 테니 모두 여기서 대기해 주시기 바랍니다."

비행기를 회항시키고 나를 부르는 기운을 향해 날아갔다.

갑작스런 나의 행동에 비행기에 탑승한 사람 모두 어리둥절한 표정을 짓고 있었지만 그들에게 설명해 줄 시간은 없었다.

이 기운이 없어지기 전에 그와 만나 나눌 얘기가 있었다.

기운은 멀지 않은 곳에서 느껴졌다.

익숙한 기운이기에 정확하게 느낄 수 있었다.

최고 속도로 날아 도착한 곳에는 무표정한 얼굴로 목석처럼 서 있는 존재가 있었다.

검은 로브를 입은 존재가.

"너는 누구지? 어떻게 죽음의 기운을 사용하고 있는 거냐?"

"당신이 기운을 전이해 준 사람에게서 받았습니다. 아주

유용하게 사용하고 있으니 고맙다고 전해주고 싶었습니다."

"너에게는 다른 제자들의 기운도 느껴지는군. 그들의 힘을 흡수한 건가?"

"그렇죠. 그들의 힘 또한 아주 유용하게 쓰고 있습니다. 그 것을 묻고 싶어서 저를 부른 것은 아니겠죠?"

"네가 누군지 궁금했다. 우리와 비교해도 뒤지지 않는 기 운을 가지고 있는 네가 궁금했다."

나도 그에게 묻고 싶은 것이 많았다.

"당신의 목적이 스승의 부활이라고 알고 있습니다. 맞나 요?"

"네가 어떻게 그 사실을 알고 있는지는 모르지만 그렇다. 나는 스승님을 가두고 있는 봉인을 풀고 말 것이다."

"만약 당신 스승의 봉인이 풀리게 된다면 몬스터 도어는 어떻게 되나요? 파괴되는 건가요?"

"그렇겠지. 도어를 열기 위해 사용한 힘은 모두 스승님에 게 전수받은 능력이고, 그 능력은 모조리 스승님의 봉인을 풀 기 위해 사용될 것이다."

"그렇다면 이곳은 다시 인간들만의 세상이 될 수 있겠군 요."

"몬스터는 몬스터의 땅에서, 인간은 인간의 땅에서 사는 것이 좋다. 그것이 스승님의 뜻이기도 하다."

검은 로브 사내와 통하는 부분이 많았다. 그의 목적은 스승의 부활이고 그러기 위해서는 몬스터 도어를 만들어낸 제자들의 기운을 소모해야 했다. 그렇게 된다면 더는 몬스터 범람이 일어나지 않을 것이다.

그와 힘을 합쳐야 할까? 아직은 섣불리 결정할 수 없는 일이다.

다리 한쪽만 슬쩍 걸쳐 놓기로 했다.

"당신의 의견에 동의합니다. 몬스터가 더는 이 땅에서 날뛰는 모습을 보고 싶지 않습니다. 언제가 될지 모르지만 내 힘이 필요하게 된다면 도와드리겠습니다."

"처음으로 나의 의견에 동조하는 존재를 만났군. 나는 처음 여기에 왔을 때 너의 기운을 흡수할 생각이었다. 하지만 나의 의견에 처음으로 동조한 존재의 힘을 흡수할 수는 없지. 준비가 끝나면 너를 찾아가겠다. 그때 나를 도와 스승님의 봉인을 풀어준다면 내가 너에게 해줄 수 있는 모든 것을 해주겠다. 내가 가진 힘은 물론이고 흡수한 힘까지 모조리 너에게 주마."

쪼잔한 미국 놈들과는 차원이 다른 보상을 제시하는 검은 로브였다.

역시 협상을 하려면 통이 커야 한다.

대번에 나의 마음이 움직이지 않는가.

"알겠습니다. 저도 당신 스승의 부활을 위해 최대한 도와드리도록 하겠습니다. 부당한 요구를 하지 않는다면 말이죠."

"부당한 요구? 그런 요구를 하지는 않을 것이다."

우리의 짧은 대화는 이렇게 끝이 났다. 그와 만나면 많은 얘기를 나눌 거라고 생각했지만 서로의 뜻이 확고한 상태였기에 대화는 생각보다 짧게 끝이 났다.

이제는 헤어져 각자의 길로 갈 시간이다.

그는 다른 제자를 찾아가야 하고 나는 한국으로 돌아가야 한다.

그의 등에서 새하얀 날개가 돋아나기 시작하더니 빛살을 만들어내며 사라졌다.

바람의 능력을 가진 제자의 능력을 그가 흡수한 것이다.

아쉽네. 내가 저 능력을 가지고 싶었는데. 뭐 스승이 부활한다면 저 능력도 내 것이 되겠지.

그가 사라진 하늘을 잠시 바라보고는 다시 비행기에 올라탔다.

"어디를 그렇게 갔다 온 거야?"

"그를 만나고 왔어요."

"누구? 미국 대통령이라도 만나고 온 거야?"

"검은 로브를 만나고 왔습니다."

"뭐라고? 검은 로브를 만나고 왔다고?"

흥분해 언성이 높아진 사장을 진정시키고는 조용히 얘기를 이어갔다.

"그렇습니다. 그와 앞으로의 일에 대해 얘기하고 왔어요.

우리가 생각한 대로 그는 스승의 부활을 위해 다른 제자들을 사냥하고 있었습니다. 그가 목적을 이루면 더는 몬스터 범람을 걱정하지 않아도 될 것 같아요."

"다 좋은데 그놈, 믿을 만한 놈이냐? 네가 한두 번 사기를 당했어야 말이지. 도통 믿을 수가 없다."

"그의 눈을 봤을 때 절대 거짓이 아니었습니다. 그는 오로지 스승의 봉인을 푸는 것에만 혈안이 되어 있었습니다. 그것을 제외한 일은 그의 관심사가 아니었어요."

"그래도 너무 믿으면 안 된다. 조심해서 나쁠 건 없잖아."

나도 그를 전적으로 믿을 생각은 없었다. 그가 다른 제자들의 능력을 흡수하는 것을 지켜만 보지 않을 것이다. 나도 최대한 다른 제자들을 찾아가 그들의 능력을 흡수해 힘의 균형을 맞출 생각이다.

그가 다른 생각을 먹지 않게 하려면 내가 강해져야 했다.

오랜 비행이 끝나고 비행기는 한국에 착륙했다. 비행기값보다 돌아갈 기름값이 더 비싸기 때문에 비행기를 우리에게 선물로 준 미국이다.

비행기와 함께 비행기 조종사 한 명도 한국에 남게 되었다.

그는 이미 이런 상황을 들어 알고 있었는지 당황하지 않고 우리와 함께 움직였다.

비행기가 조용하던 도시를 시끄럽게 만든 바람에 많은 사람들이 비행기 주변으로 다가왔다.

그중 가장 빠르게 다가온 존재는 이자벨이었고, 그녀의 뒤로 신 교수와 조나단이 따라왔다.

"수고했네. 그런데 무슨 사람들을 이렇게 많이 태우고 온 건가?"

우리가 만든 도시에 외국인이 없는 것은 아니었지만 검은 머리가 아닌 외국인은 조나단 한 명뿐이었다. 신 교수가 이런 질문을 하는 것은 당연했다.

"제가 가지고 온 선물입니다. 아마 신 교수님과 조나단 님이 좋아할 겁니다."

"우리를 위한 선물이라고? 딱히 사람을 선물로 받고 싶지는 않은데."

"나도 노예를 부리고 싶지는 않다."

선물이라는 의미를 잘못 이해하고 있는 그들이다.

"전부 기술자들입니다. 기계 관련 기술자부터 건축 설계사까지 다양한 기술자들을 데리고 왔습니다. 도움이 되지 않는다면 저들을 다시 미국으로 돌려보낼까요?"

"아니, 진즉 기술자라고 말했어야지."

신 교수는 나와 나누던 대화를 멈추고 기술자들을 향해 달려가 일일이 악수를 청하며 그들을 반겼다. 조나단은 신 교수처럼 외향적인 성격이 아니라서 그들에게 다가가지는 않았지만 좋아하는 기색이다.

그들만으로는 도시를 빠르게 발전시키는 데 한계가 있었고, 새로운 기술자들의 유입은 도시에 내려진 축복과 같은 일이었다.

"그런데 저 비행기는 다시 미국으로 돌아가게 되는 건가?"

"그렇지 않습니다. 돌아갈 기름값이 아깝다고 우리에게 준 겁니다."

"그래? 그러면 저 비행기를 이용해 새로운 슈트를 만들면 되겠군."

드워프 광산에서 가지고 온 쇠를 전부 사용한 뒤였기에 도시에는 다시 쇠 부족 현상이 일어났다. 그런 상황에서 우리가 타고 온 비행기는 가뭄의 단비와 같았다.

"언제 다시 드워프 광산 투어를 떠나죠."

아직도 드워프 마을 근처에는 여러 광산이 남아 있었고, 그들에게 줄 마정석은 쌓이다 못해 방치되고 있는 실정이었다.

"내일 당장 광산으로 가는 것이 좋겠다. 새로운 슈트를 만들기 위한 재료가 너무도 부족하다."

자원이 부족한 한국이었기에 도시 발전과 슈트 제작을 위한 자원을 자급자족할 수가 없었고, 어쩔 수 없이 드워프 광산을 털어야만 했다.

드워프 광산은 철뿐만 아니라 다양한 광석이 숨어 있었는데 그것을 기가 막히게 잘 찾아내는 조나단이다.

도시로 돌아와 기술자들의 보금자리를 안내해 주고 마을 사람들을 비롯해 동생들과 인사도 나누었다. 그런데 뭔가 잊어먹은 일이 있는 것 같았다.

뭐지? 내가 뭘 잊어먹은 거지?

한참이나 생각해도 생각이 나지 않아 기분 탓으로 돌리며 집 안으로 들어가 애기 뱀파이어들과 놀며 시간을 보냈다.

며칠을 어린 뱀파이어들을 놀며 시간을 보냈을 때 내가 잊어먹은 것이 무엇인지 생각났다. 생각이 난 것이 아니라 사장이 알려주었다.

"너 중국 각성자들 관리 안 할 생각이야? 얼굴이라도 한번 비쳐 주는 게 어때? 루카라스 님의 수련이 아무리 완벽하다고는 하지만 그래도 너, 그러는 거 아니다."

"아, 맞다. 중국 각성자들이 새로운 수련생으로 들어왔죠."

"그래, 인마. 후발대까지 모두 도착해서 수련하고 있단다. 200명이 넘는 인원이 새로 수련하고 있는데 어떻게 그것을 잊어먹을 수가 있냐. 네 머리에 들어 있는 것은 뇌가 아니라 돌덩이냐?"

"제가 요즘 정신이 없는 거 잘 알고 계시잖아요. 워낙 쓸 데가 많은 머리이니 그런 사소한 일은 잊어먹을 수도 있죠."

"사소한 일? 300명의 각성자가 왜 사소한 일이냐. 여하튼 얼른 나와라. 내가 네 대신에 그들을 광장으로 모아놓았으니 인사나 나눠."

사장과 함께 광장으로 이동하자 다 죽어가는 시체 300구가 매장을 기다리며 쓰러져 있다.

루카라스 님은 수련 강도 조절 좀 해주시지 사람의 얼굴이 저게 뭐람.

생기 하나 없어 보이는 7기 수련생들이다.

벌써 수련생이 7기나 되었네.

일본 수련생과 그라니안을 제외하면 다섯 기수의 수련생이 도시에 모여 살고 있는 것이다.

이 정도면 도시가 아니라 하나의 문파라고 해도 될 정도였다.

"모두 수련하시느라 고생이 많으십니다."

다른 수련생들처럼 한국어를 열심히 공부하지 않은 건지, 아니면 그럴 여유가 없는 건지 한국말을 전혀 알아듣지 못하고 있는 7기 수련생들이다.

다른 기수 수련생들은 알아서 잘도 한국말을 공부하던데 따로 가르쳐야 되나?

그들이 한국말을 알아듣지 못한다는 걸 알아챈 추수가 중국어로 통역해 그들에게 소리쳤다.

"육체의 그릇을 만드는 수련은 금방 끝날 거니까 모두 조금만 더 힘내주세요."

그들의 사기를 높이기 위해 많은 말을 했지만 그들에게는 나와 추수의 말이 들리지 않는 것으로 보였다.

육체적으로 힘든 시기라는 것을 알기에 말을 줄이고 그들이 조금이라도 더 쉽게 해주었다.

제3장
새로운 시작

기술자들이 도시에 유입됨에 따라 도시 개발에 속도가 붙었다. 각자의 전문 분야에 맞게 일을 맡겼고, 아직은 의사소통이 자유롭지 않아 약간의 문제가 있긴 했지만 하루가 다르게 도시의 모습이 바뀌어갔다.

도시가 발전됨에 따라 소모되는 자원도 많아져 조나단과 함께 드워프 마을을 다시 찾았다.

"안녕하십니까. 오랜만입니다. 제가 선물을 한가득 가지고 왔습니다."

몇 달 만에 방문하는 드워프 마을이다.

드워프 족장은 오랜만에 방문한 나를 발견하고는 살짝 짜

중을 내려다가 손에 들린 마정석 보따리를 보고는 인상을 풀었다.

그의 인상을 풀게 할 정도의 마정석이었다.

창고 두 개 분량의 마정석을 통째로 가지고 왔다. 당연히 나에게 성질을 낼 수 없겠지.

특히 몬스터 월드에 몬스터를 찾기가 힘들어진 지금 내가 가지고 온 마정석은 그들에게 단비와 같을 것이다.

"그래, 오랜만이구나. 이렇게 마정석을 바리바리 싸들고 온 걸 보니 오늘도 무슨 부탁을 할 게 있나 보지?"

내가 목적을 가지고 왔다는 것을 단번에 파악한 드워프 족장이었고, 나는 그의 입을 막기 위해 마정석 보따리를 그에게 안겨주며 대화의 흐름을 막았다.

엄청난 양의 마정석이 모습을 드러내자 드워프 마을에는 활기가 돌았다.

내 주변으로 다가와 감사의 인사까지 하는 드워프들이다. 감사의 인사를 표하는 데 인색한 드워프가 고개를 숙일 정도이니 얼마나 마정석에 굶주렸는지 알 수 있었다.

"저희는 이만 가보겠습니다."

"뭘 바라고 온 게 아니야? 농기구 안 필요해? 새로 만든 무기도 있는데 하나 가지고 가지 그래?"

"괜찮습니다. 단지 인사를 하러 온 겁니다. 얼굴 봤으니 이제 가볼게요."

말은 이렇게 하고 나와 조나단은 드워프 마을을 우회해 광석이 숨어 있는 산들에 구멍을 뚫고 광석을 채취했다. 날이 갈수록 몸에 저장할 수 있는 광석의 양을 늘려가는 조나단이었고, 하루 만에 산 하나 분량의 광석을 가지고 돌아올 수 있었다.

하지만 이 정도의 양으로도 아직 부족한 건지 며칠 동안 계속해서 드워프 마을을 방문한 결과 광석으로 만든 산 여러 개를 도시에 세울 수 있었다.

"이 정도 양이면 몇 년은 충분히 사용할 수 있겠죠?"

"지금 같은 속도로 도시가 개발된다면 1년 안에 다 쓰일 것이다. 아껴 쓴다면 2년까지 쓸 수 있을 것이고."

광석을 들고 올 때마다 드워프 마을에 미안했다. 그들의 후손이 사용할 광석을 우리가 대신 사용하는 느낌이 강하게 들었다.

공짜로 가지고 온 것도 아니고 충분한 양의 마정석을 주었으니 괜찮겠지.

며칠 동안 계속되던 광산 투어가 오늘부로 끝이 났고, 조금은 이른 시간이지만 나는 집에 들어가 쉴 생각이다.

집에 도착하니 어린 뱀파이어들이 쫄쫄거리며 사방을 뛰어다니고 있고, 집에 있는 여자들은 그들을 돌보느라 정신이 없어 보였다.

"고생이 많아."

간단히 인사를 하고 조용히 방으로 올라갔다. 어린 뱀파이어들과 노는 것도 재밌기는 하지만 지금은 자고 싶었다.

나는 무사히 2층에 있는 내 방으로 들어갈 수 있었다. 계단을 한 계단 오를 때마다 누군가 나의 이름을 부를까 봐 가슴 졸이며 올라갔는데 방문을 열 때까지 아무도 나를 부르지 않았다.

오늘은 허리가 아플 때까지 자야지. 커튼도 치고 방문도 닫았으니 이제 자기만 하면 된다.

이불 속으로 파고들어 가니 이자벨과 카린이 서로 안마를 해주겠다고 싸우던 생각이 났다.

오늘은 그러지 않겠지?

어린 뱀파이어들이 집에 살기 시작하면서부터 그런 일은 없었기 때문에 마음을 놓고 있었다.

똑똑.

설마?

문이 열리고 이자벨이 들어왔다. 그녀는 언제 옷을 갈아입었는지 검은 망사 드레스를 입고 나에게 다가왔다.

"벌써 주무시게요? 제가 곁에 있어드리겠습니다."

그녀가 침대에 걸터앉아 나의 머리카락을 매만지는데 그녀의 육감적인 가슴이 정면으로 보였다.

어떻게 하지? 이대로 그녀의 손에 몸을 맡길까?

솔직히 나도 남자다. 이렇게 노골적으로 유혹해 오는데 넘어가고 싶은 마음이 들지 않을 리 없다.

그래, 넘어가자. 이자벨이라면 괜찮겠지.

눈을 사르르 감고 긍정의 표시를 보냈다. 이자벨도 내가 보낸 표시를 금방 알아듣고는 이불을 열어 자신의 몸을 밀어 넣기 시작했다.

"꿀꺽."

그녀의 부드러운 살결이 내 몸에 닿자 나도 모르게 마른침을 삼켰다.

똑똑.

노크 소리다. 나는 얼른 이자벨을 밀어내고 이불로 몸을 감싸 안았다.

"누구야?"

"잠시 들어가겠습니다."

카린의 목소리다. 카린은 새하얀 코르셋을 입고 방 안으로 들어왔다.

"제가 오늘 밤 모시겠습니다."

그녀는 침대 밑에 무릎을 꿇고 조심스레 허락을 구했다.

"오늘은 내가 먼저 왔으니 너는 돌아가라."

"제가 더 잘 모실 수 있습니다. 저는 전문적으로 교육도 받았습니다."

"나는 너와 태생부터 다르다. 나는 배우지 않아도 본능적으로 할 수 있다."

골치가 아팠다. 벌써 이런 상황을 몇 번이나 겪는지 모르겠다.

그녀들의 모습을 보고 있자니 웃음이 나왔다.

"그래, 오늘은 다 같이 자자. 뭐 어때. 잠만 자는 건데."

그녀들의 싸움을 멈추게 하고도 싶었고, 침대도 넓기에 그녀들과 함께 잔다고 해도 비좁지 않았다. 잠을 제대로 잘 수 있을지는 모르겠지만 마을을 위해 고생한 그녀들이 원하는 것이 이런 것이라면 들어주고 싶었다.

왼쪽에는 이자벨이, 오른쪽에는 카린이 나의 팔을 붙잡고 서로의 육감적인 몸매를 자랑했다.

눈을 감자. 눈을 뜨고 있다가는 사고 치고 말 거야. 그래, 애국가를 부르자.

몬스터 범람이 있고 처음으로 애국가를 속으로 불렀다.

＊　　＊　　＊

아침 해가 뜨자마자 침대에서 일어나 부대원들이 묵고 있는 숙소로 향했다.

도시 개발은 이제 안정을 찾아가고 있었고, 이제는 다시 출정 준비를 해야 했다.

"용택아, 어제 잠 못 잤냐? 피곤해 보인다?"

사장의 방을 열고 들어가자 이른 시간임에도 불구하고

잠에서 깨어 옷을 갈아입고 있던 사장이 아침 인사를 건넸다.

"어제 한숨도 못 잤어요. 아, 조금만 잘게요."

이불이 흐트러져 있는 침대에 몸을 던졌다. 내 방에 있는 침대보다 좁고 매트도 좋지 않은 침대였지만 너무도 편안했다.

"뭐야, 남의 침대에 마음대로 눕고?"

"오늘만 좀 빌릴게요."

사장이 나갈 준비를 하는 동안 부족한 잠을 채웠고, 깊은 잠에 빠져들기 직전에 사장이 나를 깨워 밖으로 나왔다.

이미 추수가 회의실에 자리를 잡고 앉아 있다.

"인마, 정신 차려. 네가 회의를 소집해 놓고 졸면 어떻게 하냐."

눈이 빠져라 눈을 비비자 정신이 들어 가볍게 목을 풀고 회의를 시작했다.

"현재 살아 있는 제자는 일곱 명입니다. 그들이 사라진다면 더는 몬스터 범람을 걱정하지 않아도 됩니다. 몬스터 도어가 일순간에 사라지지는 않겠지만 지금처럼 수백만 단위의 몬스터가 넘어오지는 않을 겁니다. 이전처럼 우리가 몬스터 도어를 관리할 수 있게 되는 거죠."

"꿈만 같은 얘기네. 마정석 사냥하며 돈벌이하던 게 언젠지 기억도 안 난다."

"얼마 남지 않았습니다. 일곱 명만 잡으면 됩니다. 현재 한국에서 가장 가까운 곳에 있는 몬스터 도시는 호주에 있다고 합니다."

미국에 있을 때 간간이 들은 정보에 의하면 호주에 있는 몬스터 도시에 제자 중 한 명이 있을 가능성이 높았다.

"그런데 호주는 섬이잖아. 섬이라고 하기에는 땅덩어리가 크기는 하지만 한국에서 호주로 가려면 비행기를 이용하거나 배를 이용해야 되는데 우리는 둘 다 없잖아."

"그 문제는 조만간 해결할 수 있을 것 같습니다. 미국에서 데리고 온 기술자 중에 대형 선박 제작 기술자가 있습니다. 조나단과 함께 배를 만들고 있는 중입니다."

"배를 타고 호주까지 가야 된다고? 차라리 비행기면 더 좋을 텐데."

혼자 호주로 이동해 제자의 힘을 흡수할 수 있다면 좋겠지만 아직은 부대원들의 도움이 필요했다. 엄청난 숫자의 몬스터와 싸우며 제자를 상대할 자신이 없었다.

몬스터 중에 자연계 몬스터라도 다수 포진하고 있다면 내 목숨이 위험할지도 몰랐다.

"그래도 수영해서 건너지 않아도 되는 게 어디입니까. 지금 한창 배를 만들고 있으니 조만간 호주로 갈 수 있을 겁니다."

"오케이, 그러면 이번 호주 원정에는 얼마나 많은 부대원을 데리고 갈 생각이야? 7기 수련생들도 데리고 가지. 그들도 경험이 필요하잖아."

"아직 육체의 그릇도 제대로 완성하지 않은 그들을 데리고 가는 것은 위험합니다. 그들을 두고 저번과 같이 우리끼리 움직이는 것이 좋겠습니다."

"그래? 알았어. 우리가 다녀올 때쯤이면 7기 수련생의 육체가 완성되어 있겠지. 다음 전투부터 그들을 데리고 가면 되겠네."

"그건 그때 봐서 생각하는 걸로 하고 슈트 정비를 철저히 해주세요. 쇼크 건과 마정석 수류탄도 확보해 놓으시고요."

"안 그래도 이미 마정석 수류탄을 충분히 준비해 놓았어. 쇼크 건이야 마정석만 있으면 사용할 수 있는 거고."

배를 만든다고 바쁜 조나단이었지만 슈트의 개조에도 소홀하지 않은 덕에 슈트의 강도가 이전보다 더 강해졌다. 조나단의 능력이 강해짐에 따라 슈트의 강도도 강해진 것이다.

그뿐 아니라 일곱 개의 마정석이 필요하던 쇼크 건이 다섯 개의 마정석만으로도 열 번의 에너지를 쏘아낼 수 있게 개조되었다. 슈트에 관련된 것은 조나단을 제외하면 누구도 만들지 못했기에 전적으로 그에게 의지할 수밖에 없었다.

만약 미국 헌터 협회에게 사기를 당하지 않았고 그를 충동적으로 한국으로 데리고 오지 않았다면 어떻게 되었을까?

상상만 해도 끔찍했다. 몬스터 토벌은 지금보다 훨씬 느린 속도로 진행되었을 것이고, 제자들과는 싸울 생각도 하지 못했을 것이다.

500명의 부대원과 그들이 사용할 500대의 슈트를 태우고 장거리 운행을 할 선박을 만들기 위해서는 한 달 이상의 시간이 걸린다고 했다.

한 달이 지났지만 여전히 우리는 한국을 떠나지 못하고 있었다.

조나단은 약속대로 한 달 만에 배를 만들어내었다.

우리가 떠나지 못한 것은 그 때문이 아니라 나 때문이었다.

"축하한다, 용택아. 네가 드디어 장가를 가는구나."

결혼을 진지하게 생각한 적은 없었다. 하지만 사고를 치고 나니 결혼에 대한 생각을 하게 되었다. 매일 밤마다 번갈아가며 침대로 돌진해 오는 이자벨과 카린의 육탄 공세를 막아내지 못하고 사고를 쳤다. 한번 사고를 치는 것이 어렵지 그다음은 속전속결이었다.

하루에도 몇 번씩 침대보를 갈아야 할 정도로 격한 사랑을 나누었고, 나는 두 명의 부인을 얻게 되었다.

이자벨과 카린이 어떤 얘기를 주고받았는지는 모르지만

그녀들은 서로를 인정했다.

이자벨이 첫째 부인이 되고 카린이 둘째 부인이 되었다.

"역시 남자는 결혼을 해야 진정한 사내가 되는 거지. 너도 이제 드디어 사내가 되는구나."

"사장님은 결혼이나 하고 그런 말 하세요. 나이가 40이 다 되어가도록 결혼도 안 하고 뭐하시는 거예요?"

"나는 바빠서 그런 거잖아. 내가 얼마나 괜찮은 남자인데. 나를 노리고 있는 여자들이 얼마나 많은지 몰라서 그래?"

"네, 네, 알겠습니다."

결혼을 대충 하고 싶지는 않았기에 출정 시간을 미루면서까지 결혼식을 준비했다.

일생에 한 번뿐인 결혼을 가장 아름다운 시간으로 남기고 싶었다.

조나단과 내가 만든 장식품이 결혼식장의 주변을 아름답게 만들었고, 마을 사람들과 부대원 전부가 참석한 결혼식은 웃음소리가 끊이지 않았다.

사회를 맡은 사장이 장난기 가득한 목소리로 우리를 힘들게 만든 것을 제외하면 완벽했다.

아, 그리고 주례를 맡은 신 교수가 잘살라는 말을 빙빙 돌려가며 20분이나 연설한 것도 제외하면 정말 완벽한 결혼식이었다.

결혼식이 성대하게 끝이 나자 도시 전체가 축제에 빠졌다.

도시를 만들고 나서 제대로 된 축제를 한 번도 하지 않았기에 사람들은 오늘을 정말 즐기고 있었다. 농사일과 도시 개발을 내일로 미루고, 모두 얼마 되지 않는 술을 마시며 춤을 추었다.

도시 사람들이 그렇게 밤새 즐기고 있을 때 나와 두 신부는 신혼집으로 들어갔다.

신혼집이라고 해봐야 원래 있던 집에 작은 주택 하나를 지은 것뿐이지만 여기에는 동생들도, 어린 뱀파이어도 없었다. 오로지 나와 이자벨, 그리고 카린뿐이다.

"언니가 먼저 하실 건가요, 아니면 제가 먼저 할까요?"

"용택 씨의 정력이라면 동시에 해도 가능하지 않을까?"

그 말을 들으며 내 머릿속에 위험한 상상이 마구 떠올랐고, 이윽고 몸이 뜨겁게 달아오르기 시작했다.

모르겠다. 오늘은 본능에 몸을 완전히 맡길 생각이다.

"침대로 가자구요, 천사님들."

신부 둘을 동시에 안아 들어 침대로 던짐과 동시에 우리는 순식간에 태초의 모습이 되어 하나가 되었다.

*　　　*　　　*

신혼여행을 가지 않는 대신 우리는 일주일 동안 침대를 떠나지 않았다.

미노타우로스의 능력을 흡수한 것이 이제야 빛을 발했다.

그녀들을 두고 떠나고 싶진 않았지만 더는 미룰 수 없었다.

원래의 일정보다 일주일이 늦어졌다.

조나단이 배를 만들며 포항에 선착장을 두었고, 호주로 떠나는 배가 우리를 기다리고 있었다.

"눈이 퀭해 보인다? 아무리 신혼이 좋다고 해도 그렇지, 어떻게 일주일 동안 밖으로 한 발자국도 안 나오냐. 죽었는지 살았는지 정도는 알려줘야 될 거 아냐."

"사장님도 결혼해 보세요. 그게 마음대로 되는지."

"하긴 너는 두 명의 신부와 시간을 보내야 하니 남들보다 두 배는 더 많은 시간이 필요했겠지. 밥은 먹고 살았냐? 밥 먹을 시간도 없었지?"

나는 자꾸만 부끄러운 얘기를 꺼내는 사장의 입을 틀어막고 부대원들이 배에 슈트를 싣는 것을 도와주었다.

500대의 슈트와 쇼크 건을 비롯한 무기류와 몇 달은 배에서 먹고살 수 있을 정도의 식량이 배에 실렸다.

처음 배를 다 만들었다고 했을 때 우리는 큰 고민에 빠졌다.

"배를 누가 운전할 거죠? 할 줄 아는 사람 있나요?"

조나단과 신 교수는 고개를 가로저었다. 나는 배를 운전할 줄 아는 사람을 찾아 도시에 전단지까지 돌렸지만 어느 누구 하나 선뜻 나서지 않았다.

배를 만들어놓고 운전할 사람을 찾지 못해 호주로 가지 못할 판이었다.

며칠 동안 고민하고 있을 때 사장이 불쑥 찾아와 말했다.

"나 배 운전할 줄 아는데. 내가 해양대를 나와 바다 생활을 좀 했거든. 능숙하다고는 못 해도 꽤 하는 편이야."

해양대학교를 나왔다고 해서 이 큰 선박을 운전할 수 있을까?

사장의 말이 못 미더웠지만 다른 선택 사항은 없었다.

출발하기 며칠 전부터 사장은 몇 사람을 태우고 시험 운전을 했고, 꽤나 수준급의 운전 실력을 가지고 있다고 들었다.

사장은 보고 있으면 모자란 것 같아 보이는데 뜬금없는 능력을 선보이고는 했다.

몬스터 범람 이후 배를 타고 이동하는 것은 처음이다. 몬스터 범람 전에도 배를 타본 경험이라고는 거제도에 있는 작은 섬을 가기 위해 탄 30분 정도가 고작이다.

꿀렁거리는 파도를 가로지르며 나아가는 배 여행도 나름 운치가 있었다.

대륙에 살던 마교인들도 배 여행은 처음인지 난간에 붙어 바다 구경하기에 바빴다.

연신 감탄사를 내지르며 좋아하는 그들이었지만 그런 시간은 얼마 지속되지 못했다.

"우웩!"

사방에서 토하는 부대원들이 속출했다. 뱃멀미를 하는 것이다.

"아니, 드래고니안의 수련도 견딘 사람들이 뱃멀미로 이렇게 고생하는 걸 루카라스 님이 알면 참 좋아하겠습니다."

내가 무슨 말을 하든 멀미를 하는 사람에게는 큰 도움이 되지 못했다.

그들은 배 위에 몸져누워 하늘만을 하염없이 바라보고 있었다.

"사장님, 조금 더 빨리 갈 수는 없을까요?"

"지금 최고 출력으로 이동하고 있는 거야. 더 빠르게는 못 가. 이게 한계야."

배는 빠르게 파도를 부수며 전진하고 있긴 했지만 빠르게 이동하는 것에 익숙한 나에게는 너무도 느린 속도였다.

안 되겠다. 무슨 수단을 내야겠어.

오행의 기운을 사용하면 좀 더 빨리 이동할 수 있지 않을까?

배 뒤편으로 바람이 불게 했다. 바람이 배를 밀어준다면 더 빨리 갈 수 있지 않을까 하는 단순한 생각에서 한 행동이다.

확실히 조금 빨라지긴 했지만 이걸로는 부족하지.

나는 바람을 좀 더 강하게 불게 했고, 배는 빠르게 이동하기 시작했다.

빠르게 이동하는 만큼 배는 중심이 휘청거렸고, 물의 기운을 일으켜 배의 균형을 잡으며 바다를 가로질렀다.

"우웩! 제발 살려주세요."

부대원들을 생각해 배 속도를 높였지만 그들은 빨리 가는 것을 원하지 않아 보였다.

빨라진 속도만큼 빠르게 속을 게워내는 그들을 보고 나는 바람의 기운을 거둬들였다.

괜히 힘만 낭비했네.

"용택아, 너 뭐 했냐? 배가 갑자기 빨라졌는데."

"바람을 이용해서 배 좀 밀어봤어요. 근데 부대원들이 뱃멀미를 더 심하게 하는 것 같아서 그만뒀어요."

"그래? 난 괜찮던데. 조금만 약하게 밀어봐."

자신이 운전하는 배가 빠르게 움직이자 신이 난 건지 부대원들은 생각도 하지 않고 배를 밀라고 시키는 사장이었고, 나는 사장의 말에 따라 배를 바람으로 밀었다.

"우웨웩!"

3일이 지나자 부대원들의 얼굴에 조금씩 생기가 돌아오기 시작했다.

뱃멀미를 심각하게 하는 부대원들에게 생기를 나눠 주자 이제는 배에 익숙해진 그들이다.

처음 느끼던 바다 여행의 설렘은 지금은 사라지고 없었다.

지루함에 하품만 나왔다. 특히 밤이 깊어지면 지루함이 더 심하게 느껴졌다.

부인들의 얼굴을 보고 싶었다.

갔다 올까?

부인들을 잠시 만나러 텔레포트를 할까 생각했지만 망망 대해에서 배를 놓치기라도 하면 큰일이었다.

허벅지를 꼬집으며 참을 수밖에 없었다.

"와, 드디어 도착했다."

지겨운 배 여행이 끝났다.

호주에서 일이 끝나면 그냥 한국으로 텔레포트해 버려야 지. 다시는 배를 타지 않을 거야.

배 여행을 지겨워하지 않은 사람은 사장이 유일했다. 운전 을 해서 그런지 그는 배 여행을 즐기고 있었다.

"오랜만에 배를 타니 옛날 생각도 나고 좋네. 그런데 호주, 생각보다 너무 조용한 거 아니야?"

우리는 호주 퀸즐랜드 주에 있는 골드 코스트라는 도시에 정박했고, 짐을 실어 내리는 동안 한 마리의 몬스터도 발견하지 못했다.

미국에서 들은 정보에 의하면 이미 호주는 몬스터의 소굴로 변한 지 오래라고 했다.

다들 굶어 죽었나? 그러지는 않았을 텐데.

휴양도시답게 쨍쨍한 햇살이 우리를 반겼다.

"사람은 물론이고 몬스터도 안 보이네."

"그러게 말입니다. 일단 중심지로 가다 보면 달라지겠죠."

"근데 배를 저렇게 두고 떠날 거야?"

배가 부서지기라도 하면 큰일이다. 새로운 배를 호주에서 구할 가능성은 제로였다. 그리고 마정석 엔진으로 만들어진 배는 저 배가 유일했다.

"잠시만 기다려 보세요. 배를 안전한 곳에 두고 올게요."

나는 기운을 이용해 배를 허공으로 띄워 올려 조심스럽게 육지로 옮겼다. 그런 다음 장벽을 만들어 배를 완전히 봉인시켰다.

바닥까지 쇠의 기운으로 덮어놨기에 몬스터의 공격에 충분히 배를 보호할 수 있을 것 같았다.

"괴물 같은 놈."

배를 들어 올리는 나의 모습을 보고 사장이 한마디 했다.

"그러면 어떻게 해요? 이렇게 해놔야 마음 편하게 사냥을 다니죠."

"그래, 네 말이 맞다. 맞고말고. 빨리 가기나 하자."

500대의 슈트가 동시에 움직이는 소리가 사방을 울렸다.
보통 몬스터 도시는 한 나라의 수도에 세워지고는 했다. 가장
많은 사람이 살고 있고, 비옥한 땅이기 때문이다.

그랬기에 우리는 캔버라를 향해 움직였다.

해안선을 따라 밑으로 움직이는 동안에도 몬스터의 모습
을 찾아볼 수 없었다.

슈트에 달린 마정석 엔진의 출력을 최고로 올려 아래로 내
려가기만 했다.

그래도 배를 타지 않고 슈트를 타고 이동하는 것이 다행이
라고 생각하는 부대원들이기에 아무런 불평이 없었다.

"드디어 몬스터다!"

몬스터를 마치 오래 보지 못한 친구를 본 것처럼 좋아하는
사장이었고, 다른 부대원들도 비슷한 표정을 짓고 있다.

어지간히 전투에 굶주려 있었네.

캔버라에 도착하자 작지 않은 규모의 몬스터 도시가 모습
을 드러내며 수십만 마리의 몬스터가 쏟아져 나왔다.

아직 몬스터와의 거리가 꽤나 떨어져 있건만 벌써부터 몸
을 들썩거리고 있는 부대원들은 사장의 말을 목 빠지게 기다
리고 있었다.

"쇼크 건 발사."

그들이 기다리던 말이 사장의 입에서 나왔다. 부대원들은

동시에 방아쇠를 당겼다.

지지지직.

쇼크 건에서 나온 전기가 몬스터들을 감전시키자 몬스터가 만든 파도가 금세 잠잠해졌다.

개선된 쇼크 건 덕분에 마정석 교체를 전보다 적게 해도 되었기에 잠시의 틈도 없이 계속해서 쇼크 건이 발사되었다.

"우측에 거대한 놈 하나가 다가오고 있다. 2조는 수류탄을 사용해라."

"잠시만요. 마정석 수류탄은 아끼죠. 제가 상대하겠습니다."

고작 한 마리의 자연계 몬스터를 상대하기 위해 마정석 수류탄을 사용하는 것은 아까웠다.

그리고 나도 부대원들과 마찬가지로 몸이 근질근질했다.

나는 회색 날개를 달고 날아오는 변종 와이번에게 단숨에 날아갔다.

일반적인 와이번과는 달리 단단한 피부를 가지고 있는 놈은 와이번답지 않게 땅의 기운을 가지고 있어 보였다.

"반갑다, 와이번아!"

와이번이 너무 반가워 인사를 건넸지만 와이번은 나의 인사를 받아주지 않고 날갯짓을 빠르게 하며 나에게 몸통 박치기를 하려고 했다.

내가 이렇게까지 반갑게 인사를 해주었는데 저런 반응을 보이다니.

몸통 박치기를 하고 싶다면 해줘야지.

몸에 쇠의 기운을 두르고 와이번보다 더 빠르게 날아가 부딪쳤다.

쿵!

거대한 철공 부딪치는 소리가 우리에게서 났다. 나는 쇠의 기운으로 몸을 보호했기 때문에 아무런 충격이 전해지지 않았지만 와이번은 그러지 못했다.

와이번의 단단한 비늘에 금이 갔고, 눈은 풀려 있다.

"한 번은 정 없지. 다시 간다."

풀린 눈을 하고 있는 와이번을 향해 다시 몸통 박치기를 시전했다.

"키에에엑."

와이번이 휘청거리더니 비명을 질러대며 빠르게 땅으로 추락하기 시작했다.

나는 와이번의 머리 위로 날아 올라가 추락의 속도를 더 빠르게 해주었다.

퍽!

와이번의 머리가 터져 나갔다. 더러운 뇌수가 와이번의 몸을 뒤덮었다.

"끝났습니다. 이거 몸도 제대로 못 풀었는데 벌써 끝나 버렸네요."

"그러게 말이다. 우리도 싱겁게 끝나 버렸어."

수십만 마리는 돼 보이는 몬스터들이 죽어 있거나 몸을 부르르 떨고 있다.

슈트와 무기들이 없었다면 불가능한 일이다.

드래고니안의 수련을 거쳐 일반 헌터보다는 강한 부대원들이었지만 자신들의 힘만으로 이런 결과를 만들어낼 수는 없었다.

"이제 도시 안으로 들어가 볼까? 호주에 있는 몬스터 도시가 어떤 모습을 하고 있을지 기대가 되는구만."

슈트를 입은 부대원들이 거칠게 도시 외곽에 설치되어 있는 장벽을 부수고 도시 안으로 들어갔다. 도시 안에는 적지 않은 몬스터가 남아 있긴 했지만 쇼크 건의 위력을 이겨 내지 못하고 장벽 밖의 몬스터와 같은 모습으로 쓰러져 갔다.

도시 안의 모든 몬스터가 쓰러져 있는데 한 마리만이 겁에 질려 도망 다니고 있다.

"저놈이 이 도시 시장인 것 같은데요."

"나도 못 해본 시장을 저따위 몬스터가 하다니 용서할 수 없지."

사장이 슈트를 입은 채로 지능형 몬스터로 보이는 고블린을 향해 뛰어가 단숨에 낚아챘다.

"죽이지는 마세요. 물어볼 것이 있어요."

"오케이. 그냥 조금만 만져 줄게."

사장이 생각하는 조금이 어느 정도인지는 모르겠지만 고블린이 생각하는 조금이랑은 큰 차이가 있을 것 같았다.

고블린의 사지에서 피가 나지 않는 곳이 없게 돼서야 내 앞으로 고블린을 던져 놓는 사장이다.

"죽지는 않았을 거야. 이 정도면 충분하지?"

입을 열 기력도 없어 보이는 고블린을 보고서도 저런 말을 할 수 있다니.

생명의 기운을 이용해 고블린을 치료해 주고 나서야 원활한 대화를 할 수 있었다.

"어디 있냐? 빨리 말해, 바쁘니까. 집에는 여우 같은 부인들이 기다리고 있단 말이야."

"무엇을 말인가? 그렇게 말하면 알아들을 수 없다."

혀가 짧은 고블린의 뒤통수를 한 대 후려갈겨 주며 새로이 질문했다.

"너에게 도시를 맡긴 존재 말이야. 너의 주인이 어디에 있냐고, 멍멍아."

"나는 멍멍이가 아니다. 그리고 주인님이 어디에 있는지는 말할 수 없다."

지주를 지키는 건가? 몬스디 주제에?

"사장님, 얘 아직 정신 못 차린 것 같은데 조금만 더 손봐주세요."

"뭐라고? 맷집이 좋은 건지 정신력이 뛰어난 건지. 하여튼
알았어. 내가 아가리를 찢어놓을게."

사장에게 수백 대를 맞고도 입을 열지 않는 고블린이었고,
추수가 나서서 고블린의 살점을 한 점 한 점 뜯어내고 나서야
고블린의 입이 열렸다.

"호주의 중심부인 엘리스 스프링스에 주인님이 계시다."

"거긴 또 어디야? 여기서 먼가?"

호주의 지리에 대해 정확히 알지 못했기에 고블린이 말한
지역이 어디에 있는지 몰랐다.

호주의 수도인 캔버라가 아니라 엘리스 스프링스인가 하
는 도시에 그가 있단 말이지.

지도를 꺼내 위치를 확인하자 우리가 온 방향과는 전혀 다
른 방향에 엘리스 스프링스가 있었다.

"호주가 넓기는 진짜 넓네요. 저 거리를 언제 이동해요.
아, 벌써 지치네요."

"섬이라고 해서 좁을 줄 알았더니 이게 무슨 섬이야, 그냥
대륙이지. 에이, 짜증 나."

사장이 고블린의 뒤통수를 후려갈기자 고블린은 비명도
지르지 못하고 생을 마감했다.

"우리 오늘 하루만 여기서 쉬기로 하죠."

"벌써? 아직 해도 안 졌는데?"

"그래도 전투를 치렀으니 휴식이 필요합니다. 주변에 장벽을 치겠습니다."

빠르게 움직이며 장벽을 만드는 나의 모습에 고개를 갸웃거리는 사장이다.

사장에게는 부대원들의 휴식을 위해 이곳에서 하루를 보내자고 했지만 속사정은 달랐다.

얼른 장벽을 만들고 사랑하는 부인들을 보러 갈 생각이다.

부인들을 보자마자 침대로 데리고 갈 생각에 벌써부터 얼굴에 미소가 번지기 시작했다.

*　　　*　　　*

나는 다시 호주로 넘어왔다.

아침이 밝아오기 전 은근슬쩍 막사에 들어간 나는 새가 지저귀기 시작해서야 막사를 나왔다.

내가 나갔다 온 걸 아무도 모르겠지?

"어제 밤사이 어디 갔다 온 거야? 한참이나 있다가 돌아온 것 같던데."

스토커다. 사장은 내 뒤를 졸졸 따라다니는 스토커가 분명했다.

분명 조용히 다녀온다고 다녀왔건만… 내가 나갔다 온 것을 사장은 알고 있었다.

"잠시 산책 좀 하고 왔습니다. 부대원들의 안전을 위해서 말이죠."

"그런데 왜 네 몸에서 여자 분 냄새가 나는 거 같지?"

"……."

나는 아침에 있던 작은 소란을 잠재우고는 엘리스 스프링스를 향해 이동했다.

마정석 엔진이 쉬지 않고 돌아갔고, 이틀 후 엘리스 스프링스에 도착할 수 있었다.

"뭐야? 여기는 왜 이렇게 더워? 같은 나라인데 며칠 거리에 날씨가 너무 다르잖아."

엘리스 스프링스는 초원이라고 하기도 그렇고, 사막지대라고 하기에도 애매한 그런 도시였다.

"나 저거 TV에서 본 적 있어. 지구의 배꼽이라고 한 거 같은데."

우리는 엘리스 스프링스에 도착해서도 한참을 이동했고, 거대한 바위산 하나를 발견할 수 있었다.

"저도 본 적이 있는 거 같네요. 울룰루라고 불린 거 같아요. 이제 조심하셔야 합니다. 저 바위산 뒤에 몬스터 도시가 있는 게 느껴집니다. 시드니에서 만난 몬스터보다 몇 배는 많은 수의 몬스터가 있어요. 자연계 몬스터의 기운도 심심찮게 느껴지고요."

처음 호주에 도착한 곳은 골드코스트였고, 선선한 바람이 불어와 덥다는 느낌은 받지 않았다. 하지만 여기는 너무나 덥고 건조했다.

건조한 날씨 덕에 땀은 흐르지 않았지만 몸이 말라가는 느낌이 들었다.

우리는 퍽퍽한 땅을 밟아 바위산을 지나쳤고, 몬스터의 도시를 발견할 수 있었다.

전갈형 몬스터와 호문클루스가 몬스터 부대의 주축을 이루고 있었다.

그 흔한 오크나 오우거의 모습은 보이지 않았다.

"저 몬스터에게도 쇼크 건은 통하겠지?"

몬스터들이 점점 우리에게 다가오기 시작하자 부대원들은 슈트에 장착되어 있는 쇼크 건을 꺼내 들었다.

"쇼크 건 발사."

사장의 명령에 따라 500개의 불빛이 번쩍거렸고, 다행히 쇼크 건이 이곳의 몬스터에게도 통했다.

"통하네요. 다행입니다. 만약 쇼크 건이 통하지 않았으면 마정석 수류탄에 의지할 수밖에 없었을 텐데."

"그러게 말이다. 간만에 육탄전을 할까 기대했는데 아쉽네."

방아쇠를 당기면서 입을 열 정도의 여유가 있는 사장이다.

사장뿐 아니라 다른 부대원들도 쇼크 건이 몸의 일부처럼 느껴졌을 것이다.

너무도 자연스럽게 마정석을 교체하고 다시 쇼크 건을 발사하는 그들의 모습을 보고 있자니 공장의 기계가 움직이는 모습을 보는 느낌이다.

이제 슬슬 나올 때가 되었는데.

보통 이 정도의 소란을 일으키면 도시의 주인이 모습을 드러낸다.

아직은 모습을 드러낼 때가 아니라고 생각하는 건가?

도시의 주인 대신 자연계 몬스터가 우리를 향해 다가왔다.

"수류탄을 던져라."

우리에게 힘차게 달려오는 자연계 몬스터의 숫자는 세 마리.

한 마리당 30개의 수류탄이 날아가자 그들은 우리에게 다가오지도 못한 채 육편이 되어 사방을 날아다녔다.

쇼크 건도 그렇지만 마정석 수류탄은 정말 사기적인 아이템이었다.

몬스터계를 주름잡는 자연계 몬스터를 한 번에 박살 낼 수 있는 아이템을 만든 조나단에게 경의를 표하고 싶었다.

자연계 몬스터까지 박살이 나자 도시의 주인이 움직이기 시작했다.

몬스터들이 뒤로 후퇴하고 흙먼지 하나가 일어나고 있었다.

느껴지는 기운을 보아서는 제자 중 한 명이 분명했다.

팔뚝에 닭살을 돋게 할 정도의 기운이라면 그들밖에 없었다.

부대원들을 뒤로 물러서게 했다. 이제는 나와 그와의 전투가 시작된 것이다.

나는 그가 만들어내는 흙먼지와 같은 양의 흙먼지를 흩뿌리며 그에게 달려갔다.

인간의 형상을 하고 있지만 인간처럼 보이지 않는 존재가 내 앞에 멈추어 섰다.

어디선가 많이 느껴본 분위기를 풍기고 있는 그다.

루카라스와 그라니안에게서 풍기는 분위기.

"드래고니안인가?"

"우리 종족을 아는 인간은 처음 보는군."

이제 익숙한 질문이 나올 차례였다. 모든 제자가 나를 처음 보는 순간 동일한 질문을 했다.

"너는 누구냐?"

역시나 드래고니안도 다르지 않았다.

"내가 누군지 알기 전에 한 개만 물어볼게요. 혹시 루카라스나 그라니안을 알고 있나요?"

루카라스는 나의 스승과 다르지 않고, 그라니안은 나의 제자로 볼 수 있다.

만약 그들과 관계가 있다면 그를 죽이기 애매했다.

"그들이 누구인가? 드래고니안인가? 나는 이미 수백 년 전에 드래고니안의 일족을 버렸다. 네가 드래고니안을 알고 있다고 해서 내가 그들을 알지는 못한다."

"다행이네요. 괜히 고민했네."

"무슨 고민을 했다는 거냐?"

"당신을 죽일지 말지 고민했거든요. 당신이 그들을 모른다고 하니 아무런 고민 없이 당신을 죽여도 되겠네요."

"네가 그럴 수 있을까? 자신감이 지나치군. 와라, 상대해 주마."

그가 손가락을 접었다 폈다 하며 나를 도발하자 나는 그의 도발에 응해주었다.

"그럼 가겠습니다."

기운을 폭발시켰다.

바람의 기운이 나의 등을 밀어주며 빠른 속도를 내게 해주었고, 쇠의 기운이 피부를 단단하게 해주었다. 다른 기운도 몸속에서 돌며 나를 강하게 해주었다.

드래고니안의 앞에 단숨에 도착해 그의 머리를 향해 하이킥을 날렸다.

그는 내 발차기를 어렵지 않게 피해내었다.

이번 공격은 위협용이었다. 보여주기식 발차기였다. 대놓고 머리를 노리는 발차기에 당하지 않을 거란 것은 공격을 하기 전부터 알고 있었다.

단지 내 발차기에 실린 기운이 얼마나 되는지 느껴보라고 한 공격이다.

내 의도가 통했는지 드래고니안은 진지해졌다.

서로의 주위를 돌며 빈틈을 찾았다. 드래고니안에게서 빈틈은 보이지 않았다.

그가 나를 쉽게 공격하지 않는 이유도 마찬가지일 것이다.

공격을 해오지 않는다면 빈틈을 만들어줄 수밖에.

일부러 오른쪽 옆구리를 열었다.

미끼를 던진 것이다. 너무도 먹음직스러운 미끼였다. 그가 이 미끼를 물지 않는다면 이번 전투는 길어질지도 몰랐다.

쉬잉!

바람을 가르는 소리가 나며 그가 공격해 들어왔다.

미끼를 문 것이다. 오른쪽 옆구리를 향해 그가 주먹을 휘둘렀다.

나는 오행의 기운을 옆구리에 집중시켜 금강석보다 단단하게 만들고 그의 팔을 옆구리에 끼웠다.

옆구리에서 와이번의 비늘이 튀어나와 그의 팔을 더욱 단단하게 묶었다.

이제는 미끼를 문 물고기를 물 밖으로 끄집어낼 순간이다.

드래고니안의 팔을 꺾기 위해 몸을 돌렸다.

두두둑!

무언가가 부러지는 소리가 났다. 당연히 그의 팔이 부러졌다고 생각했지만 내 생각과는 달리 옆구리에서 튀어나온 와이번의 비늘이 부서졌다. 여전히 그의 팔은 굳건하게 옆구리에 끼워져 있었다.

"흡!"

그가 짧게 기합을 내지르자 그의 팔이 부풀어 올랐다. 징그러울 정도로 많은 양의 근육이 한 번에 움직이며 내 기운을 밀어내었고 그는 어렵지 않게 옆구리에서 손을 빼내었다.

육체 강화 능력인가? 그에게서 다른 기운이 느껴지지는 않았다.

미친 듯이 춤을 추는 근육을 봤을 때 그의 능력이 육체 강화에 특화되어 있다는 걸 알 수 있었다.

'나도 드래고니안의 수련을 완수한 몸이라고. 오늘 제대로 육탄전을 해보겠네.'

기운을 이용해 전투를 하는 것이 익숙하긴 했지만 나도 육탄전에 약한 것은 아니었다.

드래고니안의 수련을 통해 육탄전을 배우기도 했고, 그전에 태권도 대표 생활을 하며 일대일 대련을 수도 없이 해봤다.

나는 다리에 힘을 주었다. 그의 것보다는 가는 허벅지였지만 어디 가서 꿀리지는 않는 허벅지다.

"나와 정말 대결을 할 생각인가? 좋구나. 상대할 존재가 없어 심심했다. 너라면 좋은 상대가 될 것 같다."

"좋은 상대가 될지, 지옥으로 안내하는 저승사자가 될지는 모르는 일입니다."

서로의 발이 동시에 움직였다.

정강이끼리 부딪쳤고, 누구 하나 발을 빼지 않았다. 힘겨루기가 시작된 것이다.

지금 먼저 발을 뺀다고 해서 전투에서 지는 것은 아니지만 이것은 자존심 싸움이었다.

나는 종아리 근육이 터질 것 같았지만 다리를 빼내지 않고 모든 힘을 다리에 쏟아 부었다.

그도 나와 마찬가지로 다리에 힘을 주고 있었다.

멈춰 있는 장면처럼 보이지만 그 안에서는 근육이 비명을 지르고 있었다.

그와 눈이 마주쳤다. 그가 하고자 하는 말을 단번에 알 수 있었다.

나는 손가락 세 개를 펴 보이고 세 개의 손가락을 순차적으로 접었다.

손가락이 모두 접혔을 때 우리는 한 발자국씩 물러났다.

"대단하구나. 정말 만족스럽다. 이런 전투를 다시 할 수 있을 거라고는 생각지도 못했다. 특히 이 땅에서 말이야."

그는 내가 누군지 알고 싶어 히지도 않았다. 난지 좋은 호적수로만 볼 뿐이었다.

그의 기대에 부응해 주기 위해서는 최선을 다해야 했기에 나는 오행의 기운을 다시 한 번 폭발시켰다.

"이번에는 조금 매서울 겁니다."

나는 육체의 힘과 더불어 오행의 기운을 발에 집중시켰다. 그 또한 심호흡을 하며 힘을 모았고, 우리는 다시 서로의 정강이를 향해 발차기를 했다.

쿵!

교통사고가 났다. 정강이끼리 부딪친 소리가 교통사고에서나 날 법한 소리를 만들어내었다.

엄청난 통증이 몸 안으로 파고들었다. 뼈가 부러진 느낌을 받았다.

하지만 다리를 빼지는 않았다. 생명의 기운이 빠르게 뼈를 재생시켜 줄 것을 믿었다.

고통을 참아내자 뼈는 다시 재생되었고, 힘겨루기는 계속되었다.

뼈가 부러지며 내가 약간 밀렸지만 다시 힘의 균형이 맞춰졌다.

인상을 쓰며 밀리지 않기 위해 노력했다.

그는 어떤 표정을 짓고 있을까?

그의 얼굴을 바라봤다. 인상을 쓰고 있는 나와는 대조적으로 그는 웃고 있었다.

그에게는 지금의 전투가 너무나 즐거운 것이다.

이번에는 그가 손가락을 펴 보였다. 그의 손가락이 접히자 우리는 다시 한 발을 물러섰다.

"강하시네요. 역시 드래고니안입니다."

"드래고니안이라고 해도 다 이런 능력을 펼칠 수 있는 것은 아니다. 나는 스승님의 기운을 받아 지금의 육체를 완성시킬 수 있었다. 육체를 완성하고 지금같이 즐거운 전투를 해보기는 처음이다."

너무도 즐거워하는 그였지만 나는 그렇게까지 즐겁지는 않았다.

힘겨루기만을 계속했을 때 내가 그를 이길 가능성은 높지 않아 보였다.

처음 전투를 시작했을 때는 오로지 육체의 힘만으로 그를 이기고 싶었지만 나는 그렇게 머리가 굳은 사람이 아니었다.

힘든 길을 굳이 찾아갈 필요는 없었다. 나에게는 그가 가지지 않은 능력들이 있었다.

"이렇게 싸우다가는 며칠이 지나도 전투가 끝나지 않겠네요. 조금 치사한 방법을 사용하겠습니다."

그에게 정공법으로 싸우지 않겠다고 말하자 그는 의외로 고개를 끄덕이며 나를 이해해 주었다. 그에게는 육체의 기운을 사용해 전투를 하는 것이 중요한 것이 아니라 단순히 싸우는 것이 중요했다.

죽음의 아지랑이를 피워내었다. 그가 가진 육체의 힘을 뺏기 위해서다.

내가 다른 제자의 기운을 사용하자 그는 약간 놀라긴 했지만 다른 제자처럼 당황해 내가 왜 이 능력을 사용하는지에 대해서 물어보지는 않았다.

이미 그는 전투에 집중하고 있었다. 내가 무슨 기운을 사용하든 그에게는 상관이 없는 것이다.

그렇다면 내가 할 수 있는 가장 치사한 방법을 써야겠네.

가장 치사한 방법이 가장 강한 공격이다. 그도 내가 이런 방법을 쓰는 것을 원할 거야.

죽음의 아지랑이를 피워냄과 동시에 생명의 구슬을 만들기 시작했다.

죽음의 아지랑이가 그를 향해 마수를 뻗어가자 그는 죽음의 아지랑이를 피해 고속으로 이동했다.

정면 공격을 좋아하는 것처럼 보이는 그였지만 죽음의 아지랑이와는 정면 대결을 하고 싶지 않은 것이다.

죽음의 아지랑이보다 훨씬 빠른 속도로 움직인 그는 죽음의 아지랑이를 피해 나에게 공격을 가하기 시작했다.

아직 생명의 구슬을 만들기에는 시간이 부족했다. 머리를 향해 날아오는 그의 발차기를 막아야 했다.

나에게는 뛰어난 방어 기술이 있다.

모래 방어막.

사막 지대와 비슷한 이곳 지형에서 모래 방어막은 효율적이다.

나는 미국에서 날개 달린 제자와 전투를 하며 만들어낸 모래 방어막보다 훨씬 빠르게 모래 방어막을 만들어내었다.

모래 방어막 안에 몸을 숨기자 정적이 찾아왔다.

그는 분명 온 힘을 다해 모래 방어막을 두드리고 있을 것이다.

하지만 이 모래 방어막은 어떤 공격도 막아낼 것이다.

내가 이 모래 방어막을 공략하기 위해 얼마나 노력했는데.

모래 방어막이 벌어준 시간 덕분에 생명의 구슬을 완성시킬 수 있었다.

이제 모래 방어막을 풀고 그에게 생명의 구슬을 던지기만 하면 작전은 성공이다.

쾅!

모래 방어막 안은 빛은 물론이고 소리까지 통과하지 못했다.

그런데 지금 이런 소리가 들린다는 것은 모래 방어막이 부서지고 있다는 뜻이다.

빛이 들어오며 주먹 하나가 구멍을 통해 들어왔다.

나는 급히 모래 방어막을 땅으로 돌려보내고는 그에게 생명의 구슬을 집어 던졌다.

*   *   *

생명의 구슬에서 새어 나오는 빛이 드래고니안을 집어삼키려고 했다.

그 흡입력이 얼마나 강한지 경험해 봐서 알고 있다. 하지만 드래고니안의 육체의 힘을 이겨내지는 못했다.

생명의 구슬의 사정권에서 순식간에 벌어진 드래고니안이 씨익 웃었다.

만족스러운 공격이었다는 뜻이다.

모래 방어막과 생명의 구슬을 사용해도 그를 이기지 못했다.

그는 만족했겠지만 나는 아니었다.

생명의 구슬도 모래 방어막도 통하지 않는다. 이제 어떤 방법으로 그를 상대해야 하는 거지?

고민할 틈도 주지 않고 나를 향해 달려드는 드래고니안의 공격을 피해 하늘 높이 날아올랐다.

드래고니안은 내가 날아오르자 허벅지에 힘을 주어 뛰어올라 나를 붙잡기 위해 손을 뻗었다.

날지는 못하는 건가?

단순히 뛰어오른 것뿐, 공중에서 자유롭게 움직이지 못하는 드래고니안이다.

방법이 생겼다. 하늘을 날지 못한다고 한다면 드래고니안이 나를 잡을 방법이 없다.

드래고니안이 다가오지 못할 정도로 구름 위로 올라갔다.

"내려와라! 승부를 가리자!"

계속해서 점프를 하는 드래고니안의 목소리가 구름을 뚫고 들려왔다.

내가 미쳤다고 정면 승부를 하겠어?

머리를 써야 돼. 그를 생명의 구슬 안으로 집어넣을 방법이 없을까?

완벽한 작전을 구상해야 한다. 그가 미처 대처하지 못할 정도로 완벽한 계획을.

구름 위에서 5분 정도 생각하며 대략적인 구상을 마쳤다.

좀 더 완벽한 계획을 짜고 싶었지만 머리에서 쥐가 났다.

역시 머리를 쓰는 것은 나와 어울리지 않아.

고래고래 소리를 지르고 있는 드래고니안의 근처로 내려왔다.

내가 하늘에서 내려오자 드래고니안은 다시 씨익 웃으며 어깨를 돌렸다.

"그렇지. 사내라면 승부를 봐야지. 도망가는 건 할 짓이 아니라고. 너도 그렇게 생각하지?"

나의 동의를 묻는 건가? 나는 절대 그렇게 생각하지 않았다.

불리하면 도망가야지 미련하게 승부하는 것은 죽여달라고 목을 내미는 것과 다르지 않은 일이다.

내 생각을 아는지 모르는지 드래고니안은 천천히 육체의 기운을 끌어 올리며 나에게 다가왔다. 터질 것 같은 근육이 요동치고 있다. 팔뚝은 내 허벅지보다 더 굵어 보였고 그의 종아리는 굳건한 기둥처럼 보였다.

그래 천천히 다가와라. 너무 빨리 오면 계획을 실행할 시간이 없으니까.

땅의 기운을 조금씩 끌어 올렸다. 그가 눈치채지 못할 정도로 조금씩.

내 눈은 드래고니안을 주시하고 있었다. 딴짓하지 않고 그와의 정면 승부를 할 것처럼 말이다.

드래고니안은 내 눈을 뚫어져라 쳐다보며 다가왔다.

아직 시간이 부족했다. 조금만 더 천천히 다가와라.

"내 최고의 공격을 보여주마. 기대해도 좋다."

"벌써 최고의 공격을 보여주시는 겁니까? 조금 더 즐기시지 않고요."

"나도 빨리 전투를 끝내고 싶지는 않지만 근육들이 자신을 사용해 달라고 요동을 쳐서 말이야. 도저히 참을 수가 없다."

드래고니안의 몸이 붉게 달아오르고 있었다. 과열된 자동차의 엔진처럼 그의 몸에서 아지랑이가 피어오르고 있다. 이 더운 사막에서 아지랑이를 피어오르게 하려면 얼마나 그의 몸이 뜨거워야 할지 상상도 가지 않았다.

불의 기운을 사용한 것도 아니다. 단순히 근육의 움직임만으로 저런 열기를 뿜어내고 있는 드래고니안이었다.

그의 주먹에 실린 힘을 제대로 맞는다고 한다면 생명의 기운이 육체를 재생시킬 틈도 없이 한 방에 죽을 수도 있었다.

아직 부족하지만 지금 계획을 실행해야 했다.

"차아!"

내가 내지른 짧은 기합 소리와 동시에 드래고니안의 몸 주변에 장벽이 생겨나기 시작했다.

모래 방어막보다는 강도가 약한 장벽이지만 그래도 세 가지 이상의 기운이 사용된 장벽이다. 그의 발걸음을 막기에는 충분했다.

"이런 장벽으로 나를 막을 수 있다고 생각하는 건가?"

퍽! 퍽!

무식한 드래고니안 새끼. 장벽을 주먹으로 단숨에 때려 부수고 있다.

장벽으로 그를 가둘 수 있다고는 생각하지 않았다. 장벽은 그의 시선을 돌리는 용도일 뿐이었다.

부서진 장벽의 틈새로 바람의 칼날이 그물의 모습으로 날아갔다.

스치기만 해도 단단한 돌까지 잘라 버리는 바람의 칼날이다. 하지만 그에게는 큰 소용이 없을 것이다. 내 예상대로 바람의 칼날은 그의 몸에 생채기 하나 내지 못하고 그의 손아귀에서 부서져 사라졌다.

장벽을 부수며 생긴 흙먼지가 바람의 칼날에 의해 더욱 거세졌다.

그의 눈을 가릴 정도의 흙먼지였다.

그의 시선을 완벽히 빼앗았다.

모래가 그를 향해 움직이기 시작했다. 땅의 기운으로 만든 장벽이 아닌, 모래 방어막을 그에게 두른 것이다.

그를 보호하기 위해 모래 방어막을 그에게 친 것이 아니었다. 그를 가두기 위해서였다.

성공이다. 흙먼지에 시선이 뺏긴 드래고니안이 모래 방어막 안에 갇혔다.

빨리 다음 작전을 실행해야 한다.

그라면 얼마 되지 않아 모래 방어막을 뚫고 나올 것이다.

빠르게 생명의 기운을 돌려 생명의 구슬을 만들어내어 모래 방어막을 향해 집어 던졌다.

가만히 멈춰 있는 모래 방어막이 생명의 구슬의 흡입력을 피할 수는 없었고, 밝은 빛이 모래 방어막을 집어삼켰다.

"설마 생명의 구슬까지 깨지는 않겠지?"

불안했다. 그라면 정말 생명의 구슬까지 깨고 뛰쳐나올지도 몰랐다.

나는 생명의 구슬을 깰 방법을 찾지 못해 1년이나 헤매다 죽음의 기운을 이용해 탈출했지만 그는 오로지 육체의 힘을 이용해 생명의 구슬을 부술 것만 같았다.

불가능한 일이라는 것은 알고 있었지만 마음을 놓을 수는 없었다.

주먹만 한 크기의 생명의 구슬을 집어 들었다.

생명의 구슬 주변으로 검은 아지랑이가 스며들어 간다.

죽음의 기운이 생명의 구슬에 담긴 생명력을 빨아들일 것이고, 생명의 구슬 안에 갇힌 드래고니안도 자신의 생명력을 죽음의 기운에 빼앗길 것이다.

아지랑이가 점점 빠르게 생명의 구슬의 생기를 빨아들였다.

아찔한 느낌과 환각 증상이 조금씩 느껴졌다. 이미 생명의 구슬이 내는 빛이 옅어졌지만 이대로 그만둘 수는 없었다. 드래고니안의 힘을 최대한 빼놔야 했다.

그래야 마음 편히 그의 능력을 흡수할 수 있었다.

이제 충분하겠지?

죽음의 기운을 거둬들이자 생명의 구슬을 감싸고 있던 검은 아지랑이가 사라졌다.

그 순간 바로 금단 현상이 나를 찾아왔다. 마치 냉장고에 갇힌 것처럼 몸이 떨려왔다.

정신을 집중했다. 지금 쓰러진다면 이때까지 해온 노력이 헛수고가 된다.

불의 기운을 끌어올려 몸을 따듯하게 만늘자 한기가 약해졌다.

이제 그를 꺼낼 시간이다. 이미 유리처럼 변해 버린 생명의 구슬을 지탱하던 마지막 생명력까지 몸으로 돌려보냈고, 생명의 구슬은 바닥에 떨어진 유리잔처럼 부서져 사라졌다.

구슬이 사라진 곳에서 드래고니안이 모습을 드러냈다.

나는 재빨리 눈을 굴려 그의 상태를 살폈다.

제대로 서 있지도 못할 정도로 휘청거리는 드래고니안이 보였다.

기둥을 연상시키던 그의 근육은 쪼그라들어 있다.

역시 그도 죽음의 기운을 감당하지 못했다.

"이런 공격은 생각지도 못했군."

메마른 입술을 움직여 그가 힘겹게 말을 꺼냈다.

패배를 인정하는 것이다. 즐거운 전투가 끝났고 승리자와 패배자가 정해졌다.

내가 정한 전투의 룰은 하나였다.

승리자가 모든 것을 가진다.

패배자인 드래고니안에게 다가갔다. 그는 이미 눈을 감고 있었다.

어떻게 내가 다른 제자들의 능력을 사용하는지 그도 예상하고 있었겠지.

자신의 능력을 내가 흡수할 거라는 것을 알고 눈을 감은 것이다.

반항하지 않는 드래고니안이었지만 안심할 수는 없었다.

그에게 다가가는 순간 그가 마지막 기운을 끄집어내어 나를 공격할지도 몰랐다.

드래고니안의 몸을 바람과 땅의 기운으로 묶었다.

"빨리 끝내도록 하겠습니다."

드래고니안의 팔뚝에 작은 생채기를 내었다.

드래곤의 심장을 뚫은 검이 나와 항상 함께했다. 그 검이 드래고니안의 딱딱한 피부를 뚫고 지나갔다. 그의 팔뚝에서 피가 흐르기 시작했다.

지금 이 순간이 나는 너무도 좋았다. 피 냄새는 나를 유혹하듯이 향을 더욱 피워내고 있고, 나는 향기에 이끌려 그의 팔뚝에 입을 가져다 대었다.

"벌써 끝인가?"

피를 흡수하고 나면 찾아오는 허탈감이 나를 짓눌렀다.

향긋하지 않고 비릿하기만 한 드래고니안의 피를 뱉어내었다.

"우와와와!"

함성 소리? 잊고 있었다. 우리의 전투를 부대원들이 지켜보고 있다는 걸 잊어버릴 정도로 전투에 집중하고 있었다.

나를 향해 빠르게 뛰어오는 500대의 슈트.

가장 신두에 서서 날려오는 슈트의 가슴이 열리고 사장이 내려왔다.

"수고했어. 어떻게 되는 줄 알고 얼마나 걱정했는지 알아?"

멀리 떨어져 있었지만 부대원들은 충분히 힘의 파동을 느꼈을 것이다.

"쉬고 싶긴 하지만 저기 몬스터들이 우리를 너무 목 빠지게 기다리고 있는 것 같네요. 얼른 처리하고 눈 좀 붙이죠."

"넌 좀 쉬고 있어. 우리가 금방 끝낼게. 몬스터들 눈깔을 봐라. 겁을 한껏 집어먹어서 도망갈 생각을 하고 있잖아. 저런 패잔병을 사냥하는 것은 누워서 떡 먹기지."

"그럴까요?"

사장은 피식 웃어 보이고는 부대원들에게 크게 소리쳤다.

"몬스터들이 겁을 집어먹었다! 몬스터 구이를 만들 시간이다! 모두 쇼크 건을 장전하고 나를 따르라!"

드래고니안이 죽었다고 하지만 아직 도시에는 수십만의 몬스터가 남아 있었다. 그뿐 아니라 자연계 몬스터도 일반 몬스터의 뒤에서 자리를 지키고 있었다.

하지만 500대의 슈트가 내는 기세에 밀린 몬스터들이다.

부대원들이 다가가고 있지만 공격할 생각도 하지 못하고 발이 얼어버린 몬스터들이었고, 몬스터들의 얼린 발을 녹이기 위해 수백 발의 쇼크 건이 발사되었다.

감전된 몬스터의 살에서 나는 타는 냄새로 인해 몬스터 도시는 고깃집에서나 날 법한 냄새를 풍겼다.

펑! 펑!

드래고니안이 사라진 이상 마정석 수류탄을 아낄 필요는 없었고, 자연계 몬스터들을 향해 수십 개의 마정석 수류탄이 날아갔다.

제대로 반항도 하지 못하고 자연계 몬스터들은 사라졌다.

이렇게 길게 이어지던 전투는 끝이 났다.

몬스터 도시에서 도망간 몬스터들은 굳이 따라가 사냥할 필요는 없었다.

호주에 인간이 살고 있을까?

아마 살고 있을 것이다. 몬스터들을 피해 아무도 찾아오지 않을 정도로 깊은 곳에 숨어 지내고 있는 사람들이 있을 것이다.

그들이 오늘의 소식을 들었다면 좋아서 소리쳤을 것이다.

언젠가는 호주도 다시 제 모습을 찾는 날이 오겠지.

우리가 할 일은 여기까지였다. 나머지는 남은 사람들의 몫이다.

나는 전지전능한 신이 아니었다. 불완전한 인간일 뿐이다.

"수고하셨어요."

사냥을 마치고 돌아온 부대원들은 빠르게 도시 안을 안전지대로 만들었다.

슈트를 이용해 돌을 쌓고, 몬스터에게서 마정석을 뽑아내 도시 밖으로 집어 던져 새로운 벽을 만들었다.

부대원들이 만든 벽 주위로 장벽을 세우는 것으로 안전지대 공사를 마무리했고, 부대원들은 그제야 슈트에서 나와 숙영을 위한 천막을 치기 시작했다.

부대원들이 천막을 치는 동안 심심함을 달래기 위해 나에게 다가오는 사장이다.

"내가 뭐 수고한 게 있나. 그냥 방아쇠 몇 번 당기고 수류탄 몇 발 던진 게 전부인데. 고생은 네가 했지."

"웬일로 겸손 모드세요? 내일은 해가 서쪽에서 뜨려나?"

"하여튼 하루도 깐죽거리지 않으면 혀에 가시라도 돋나?"

우리는 서로의 어깨를 두드리며 기분 좋은 미소를 지었다.

"내일부터 바로 한국으로 돌아가겠습니다. 배가 있는 곳까지 가려면 빨리 움직여야 할 겁니다. 지겨운 행군이 다시 시작되네요."

"하루 이틀도 아니고 이제는 익숙하다. 마정석 엔진의 효율이 조금만 더 높아지면 좋겠는데. 도시로 돌아가면 조나단님에게 말해봐야겠다."

지금도 시속 150km는 넘게 나오는 마정석 엔진이었지만 먼 거리를 이동하는 우리에게는 느린 속도였다.

한동안 사장에게 조나단이 괴롭힘을 당하겠네.

영어도 할 줄 모르면서 손짓발짓으로 조나단에게 말하는 사장을 생각하자 절로 웃음이 나왔다.

내일 있을 행군을 대비해서 오늘은 모든 사람이 일찍 잠자리에 들었고, 나도 천막으로 들어가 누웠다.

집에서 나를 기다리고 있을 부인들이 보고 싶었지만 텔레포트를 하지는 않았다.

피 냄새가 가득한 상태로 그녀들을 안고 싶지는 않았기 때문이다.

제4장
슈트. 배신. 성공적?

우리는 엘리스 스프링스에서 배가 있는 골드코스트까지 가기 위해 호주를 가로질러 가고 있었다. 중간쯤 도착한 우리는 처음으로 호주에서 사람을 발견했다.

생존자들은 슈트를 타고 있는 우리를 보고 눈물을 흘리며 반겼다.

하지만 우리가 그들에게 해줄 수 있는 것은 그리 많지 않았다.

그들이 살아가는 공간에 장벽을 세워주고 주변의 몬스터를 정리해 주었나.

그리고 가지고 있던 약간의 식량을 그들에게 주는 것뿐

이었다.

50명 남짓한 생존자들은 그런 우리의 행동을 보고 어떻게 생각할까?

고맙다고 생각할까, 아니면 더 해주지 않은 것에 대해 원망할까?

아마 후자에 가까울 것이다.

사람은 하나를 받으면 다른 하나를 더 받고 싶어 하는 성향이 있다.

물에서 구해주면 보따리 내놓으라는 것이 사람이다.

그들을 장벽에 두고 떠나올 때 그들의 표정을 보았다.

원망하는 눈빛.

그런 눈빛을 받을 이유가 우리에게는 없었다.

그렇다고 해서 그들에게 해코지를 하지는 않았다. 저들의 심정도 이해가 갔다.

자신들을 구해줄 수호신이라고 생각하던 존재가 단지 배고픈 거지에게 동전 하나 던지고 가는 행인이었다고 생각한다면 충분히 저런 눈빛을 할 수 있었다.

"참 사람의 욕심은 끝이 없죠?"

생존자들에게 터전을 만들어주고 반나절을 더 달려 우리는 숙영지를 만들었고, 모닥불 주위에 앉아 나와 사장은 얘기를 나누었다.

"이제 알았냐. 몬스터 범람이 일어나고 난 뒤부터 나는 뼈

저리게 느끼고 있었다. 약한 존재는 항상 강한 존재에게 보호 받고 싶어 하지. 자신이 딱히 줄 것이 없다고 해도 말이지. 그들은 강자가 당연히 약자를 보호해야 할 의무가 있다고 생각하고 있거든."

"만약 저도 헌터가 되지 않았다면 저들처럼 행동했을까요?"

"그건 모를 일이지. 너무 신경 쓰지 마. 어차피 다시는 보지 않을 사람들이야. 한국에 있는 도시 사람한테나 신경 써. 그들은 최소한 너에게 고마움을 느끼는 사람들이니까."

밤을 밝히는 모닥불이 점점 빛을 잃어갔고, 하늘의 별을 바라보며 우리는 잠이 들었다.

우리는 며칠간의 강행군으로 목적지에 예상보다 빠르게 도착할 수 있었다.

생존자 그룹을 몇 번 더 만나기는 했지만, 우리는 아무런 얘기도 나누지 않고 단지 장벽만 세워주고 떠났다. 어차피 그들이 우리에게 내보이는 감정이 원망이라는 것을 알기에 그들에게 많은 시간을 투자하지 않았다.

"드디어 이 지겨운 땅을 떠나는구나. 어서 배를 꺼내지 않고 뭐해?"

내가 만들어둔 장벽은 처음 그대로의 모습을 하고 있었다.

장벽 외벽에 몬스터의 손톱자국이 미약하게 남아 있긴 했지만 구멍이 뚫리거나 부서진 곳은 없었다.

고생했다. 이제 땅으로 돌아가라.

장벽이 무수히 많은 모래알을 뿌리며 원래의 모습으로 돌아가자 그 안에서 흠집 하나 없는 선박이 나타났다.

"드디어 배를 타는구나. 그리웠다고. 역시 나는 뱃사람 체질인가 봐."

사장과는 전혀 다른 표정을 하고 있는 부대원들이다. 뱃멀미는 처음보다 적게 하겠지만, 지겨운 배 여행을 다시 시작해야 한다는 것에 벌써부터 한숨을 내쉬는 부대원들이다.

어떻게 하지? 배를 타야 하나, 아니면 그냥 혼자 돌아가 버려?

호주에 도착했을 때만 해도 텔레포트를 이용해 단숨에 돌아갈 생각을 했지만, 부대원들을 보고 있자니 혼자 편하게 이동하는 것이 죄를 짓는 것만 같았다.

하루라도 빨리 부인들을 보고 싶었지만 부대원들과 함께 배를 타고 이동하기로 마음먹었다. 그래도 같이 전장을 누빈 전우들이지 않은가. 그들을 버리고 먼저 갈 수는 없었다.

배를 탄 지 3일이 지났지만 부대원 중 헛구역질을 하는 사람은 이제 없었다. 그들은 단지 지겨운 표정으로 배 위를 배회할 뿐이었다.

뱃멀미를 하지 않았기에 바람의 기운과 물의 기운을 이용해 배의 속도를 더 높였고, 일주일이 조금 걸리지 않아 한국에 도착할 수 있었다.

한 달이 조금 넘게 걸린 이번 원정이다.

유럽 원정에 비해서는 짧은 시간 만에 돌아왔다.

우리는 포항에 도착해 배를 묶어두고는 바로 대구를 향해 이동했다. 반나절도 걸리지 않는 거리였기에 해가 지기 전에 장벽 안으로 들어갈 수 있었다.

슈트 500대가 동시에 움직였기 때문에 도시 사람들은 우리를 보지 않을 수 없었다.

사람들은 우리를 바라보고 환호성을 지르며 손을 흔들었다.

"이거 마치 개선장군이라도 된 것 같네요."

"다르지 않잖아. 사람들의 눈에는 우리가 개선장군이지, 뭐."

슈트 안에 타고 있어서 티는 나지 않았지만 부대원들의 얼굴은 붉게 물들어 있었고, 같은 쪽 손과 발을 움직이며 우스꽝스러운 걸음을 하는 부대원도 있었다.

우리는 도시 안으로 들어가 마을에 도착했다. 마을 사람들은 우리를 보며 손을 흔들었다. 그들의 표정은 대부분 밝아 보였다.

몇 사람을 빼고는.

신 교수와 조나단은 집행을 기다리는 사형수의 얼굴을 하고 있었다.

무슨 사고라도 친 건가?

슈트를 보관소에 집어넣고 부대원들을 해산시키고 나서야 고개를 숙이고 있는 그들을 만나러 사장과 함께 이동했다.

"무슨 일이라도 있었습니까? 얼굴이 왜 그러십니까?"

"사고가 있었다네. 그것도 큰 사고가."

"몬스터라도 침범했습니까? 근방에 남아 있는 몬스터라고 해봐야 일반 몬스터일 뿐이고, 이자벨이 있는 이상 그런 몬스터에게 피해를 입을 리는 없지 않습니까."

"몬스터 침범이 아니라네. 사람이 문제지."

도시 안의 법률은 강력했다. 작은 범죄라고 해도 일벌백계를 하자는 김 교수와 신 교수의 의견에 따라 조금이라도 심각한 범죄를 저지르면 바로 도시에서 추방시켰기에 아무도 법을 어기려고 하지 않았다.

그런데 사람이 문제라니?

"뜸들이지 말고 말해보세요. 누가 문제를 일으킨 겁니까?"

"중국의 각성자들이 슈트를 타고 도망갔다네. 새로 만들어 둔 200대의 슈트가 없어졌어. 중국 각성자들의 기운이 돌아오고 충분히 슈트를 조종할 능력이 되었기에 내가 그들에게 슈트를 내주었다네. 그들을 너무 믿었던 거지."

우리가 호주 원정을 가 있는 동안 7기 수련생들은 육체의 그릇을 완성시키고 기운을 되찾았을 것이다. 완벽히 수련을 마치지는 않았지만 전보다는 훨씬 강해졌을 그들이다.

"아니, 슈트 200대가 장벽을 넘을 동안 아무도 신경 쓰지 않았던 겁니까?"

"우리는 그들이 슈트 시험 운전을 위해 몬스터 사냥이라도 나가는 줄 알았지. 그들을 막기 위해 쓰러진 100명의 수련생이 아니었다면 우리는 며칠이 지나서야 그 사실을 알았을 것이네."

이자벨도 그들이 장벽을 넘는 것을 크게 신경 쓰지 않았을 것이다. 밖에서 들어오는 몬스터에게만 집중했지 나가는 수련생들을 의심하지 않았을 것이기에 그들은 자신들을 막는 수련생을 제압하고 슈트를 타고 어디론가 떠났을 것이다.

다시 한 번 사람에 대한 회의가 느껴지는 순간이다.

호주에서도 생존자들이 보내는 원망 어린 눈빛으로 사람에 대한 실망을 한 상태에서 이런 일을 당하니 정말 억장이 무너지는 것 같았다.

"남아 있는 7기 수련생들은 어디에 있습니까?"

"지금 치료소에 있다네. 워낙 크게 당해 그들이 죽는 줄만 알았다네. 뼈가 부서지지 않은 수련생이 하나도 없다네."

드래고니안의 수련이 아니었다면 그들은 정말 죽었을지도 몰랐다. 육체의 그릇을 완성했기에 목숨을 부지할 수 있었을 것이다.

"그들을 보러 가야겠습니다."

나의 뒤로 사장과 추수가 따라붙었고, 우리는 한걸음에 치료소에 도착했다.

치료소 안으로 들어가자 붕대를 칭칭 감고 있는 100명의 수련생이 우리를 보고 고개를 숙였다. 면목이 없는 거겠지. 특히 중국 각성자들을 이끌고 온 소림사의 고승이 깊숙이 고개를 숙이고 있다.

우리는 그를 향해 걸어갔다. 왜 그들이 그런 선택을 했는지 물어보고 싶었다.

"왜 그런 겁니까? 수련이 힘들어서 그랬던 건가요, 아니면 다른 욕심이라도 생긴 건가요?"

"내가 그들을 제대로 파악하지 못했네. 그들의 목적은 처음부터 힘을 길러 자신들의 문파로 돌아갈 생각이었다네. 슈트를 탄 순간 목적을 달성했다고 느꼈겠지."

중국 정부가 무너져 가는 동안에도 문파에 처박혀 있던 놈들이다.

그들이라면 충분히 그런 생각을 하고도 남았다.

"여기 있는 사람들은 왜 남아 있는 거죠? 슈트를 타고 문파로 돌아가지 그러셨습니까."

치료소에 쓰러져 있는 그들의 모습도 보기 싫었다.

정파라는 놈들이 하는 짓은 집단이기주의에 빠진 사람들의 모습이다.

차라리 마교라고 불리는 부대원들이 더 믿을 만했다.

그들은 거칠기는 하지만 최소한 사람의 뒤통수를 치지는

않았다.

여기 남아 있는 수련생도 모두 정파에 속해 있는 사람들이다.

언제 문파로 돌아갈지 모르는 사람들인 것이다.

"우리는 그러지 않을 걸세. 처음 한국으로 넘어오면서부터 중국을 떠나 한국에 정착하기로 마음먹었다네."

"정말 그럴까요? 저는 믿지 못하겠네요."

통역을 하는 추수의 목소리도 나만큼이나 격양되었다.

정파인들을 좋아하지 않는 추수였고, 도시를 배신한 정파인들에 대한 증오가 더욱 커진 것이다.

"떠나세요. 아무런 제약도 하지 않을 테니 떠날 사람은 지금 떠나세요. 슈트를 원한다면 슈트도 드리겠습니다. 갈 사람은 가세요."

짜증을 내뱉었다. 속이 답답해 막말을 퍼부어 버렸다.

그럴수록 그들의 고개가 더욱 숙여진다는 것도 알고 있고, 그들이 도망간 수련생들을 막기 위해 노력했다는 것도 알고 있지만 그들에게 짜증을 내었다.

"그만해, 용택아. 너는 이만 돌아가는 게 좋겠다. 여기는 나와 추수가 정리할게. 너는 너를 기다리고 있는 부인들을 만나 즐거운 시간이나 보내."

내 등을 떠미는 사장에 나는 뒤도 돌아보지 않고 집으로 향했다.

집에 도착하자 카린만이 집을 지키고 있다.

이자벨은 어린 뱀파이어들을 보기 위해 옆집에 가 있는 것 같았다.

"수고하셨어요. 어서 씻으세요."

카린은 내 옷을 한 꺼풀씩 벗겨주며 욕실로 나를 데리고 가 씻겨주었다.

그녀의 부드러운 손길이 몸에 닿자 분노가 사그라들기 시작했다.

이래서 결혼을 해야 되는 거구나.

바깥에서 받은 스트레스가 집에 도착하고 얼마 되지 않아 사르르 녹아내렸다.

몸을 씻고 나서 동생들과 이자벨이 있는 본가로 이동해 그들과 얘기를 나누며 행복이라는 감정을 느꼈다.

그래, 이미 떠나간 사람들에 분노해 봤자 뭐하겠어. 나는 여기에 있는 사람들만 지키겠어.

*　　　*　　　*

200대의 슈트가 며칠 만에 한국을 지나 중국으로 들어섰다.

개선된 마정석 엔진이 달려 있는 슈트이기에 가능한 일이었다.

"우리 괜찮겠죠?"

약간은 겁에 질려 있는 젊은 중국 각성자 하나가 자신의 옆에 있는 중년 사내를 보고 말했다. 말끔한 얼굴을 하고 있는 중년 사내가 주동자로 보였다.

그를 중심으로 200명의 중국 각성자가 모여 있다.

"이미 저지른 일이다. 그런 걱정은 하지 않는 게 좋아. 그리고 이 슈트만 있다면 더는 그 지옥 같은 수련을 하지 않아도 된다는 말이야. 슈트를 가지고 돌아간다면 문파는 이전보다 훨씬 광대한 영역을 다스릴 수 있단 말일세."

200명의 중국 각성자가 모두 같은 문파 소속은 아니었지만 정기적인 교류로 인해 서로를 잘 알고 있었다.

"우리를 찾아오지는 않겠죠?"

"슈트만 해도 200대다. 그리고 각 문파에 남아 있는 각성자의 수만 해도 이천이 넘는다. 아무리 그들이라고 해도 우리를 상대하려면 많은 피해를 감수해야 할 것이야. 그리고 몬스터가 즐비한 이곳까지 찾아오지는 않을 걸세."

그의 말은 소망에 가까웠다.

"쓸데없는 생각은 그만하고 얼른 문파로 돌아갈 생각이나 하게."

중년 사내의 옆으로 염소수염을 한 아첨꾼 같은 사내가 들러붙었다.

"돌아가는 즉시 정파연합을 새로 만들어야 하지 않겠습니까? 축사를 미리 준비하셔야겠습니다. 연합의 회장은 맡아두시지 않았습니까."

"나는 그럴 생각이 없네. 허허."

말과는 다르게 이미 정파연합의 수장이 될 생각을 하고 있는 그였다.

다른 중국 각성자들도 그와 비슷한 생각을 하고 있었다.

정파연합의 수장은 되지 못하더라도 슈트를 가지고 있는 이상, 연합의 높은 자리는 보장되어 있는 것과 다름없었다.

문파에 가까워질수록 그들의 마음에서는 걱정이 사라지고 있었다.

그들은 문파에 가는 길목에서 여러 번 몬스터들을 만났지만 슈트의 능력을 이용해 어렵지 않게 몬스터들을 사냥한 덕분에 마치 전설에나 나오는 무림 고수가 된 기분을 느꼈다.

손짓 한 번에 몬스터 한 마리가 죽어나가니 그런 마음이 드는 것도 당연했다.

* * *

중국 각성자들이 떠나간 지도 일주일이 지났다.

그들에게 분노를 느낀 것은 나만이 아니었고, 특히 추수는 당장에라도 그들을 쫓아가자고 외쳤다.

매주마다 하는 회의가 오늘 계획되어 있었고, 중국 각성자들에게 좋지 않은 감정을 가지고 있는 사람들이 강하게 그들의 척살을 요구할 것 같다.

회의가 시작되었다. 역시나 굳은 표정을 하고 있는 추수가 회의가 시작되자마자 강한 어조로 중국 각성자들의 배신에 대한 대가를 치르게 해야 한다고 소리쳤다.

"이대로 두면 우리를 얕잡아 볼 게 분명합니다. 그들에게 우리의 힘을 보여줘야 합니다. 우리는 아무런 피해를 입지 않고 충분히 그들을 척살할 수 있습니다. 저에게 200명의 부대원과 슈트를 내주신다면 그들이 훔쳐 간 슈트를 받아내 오겠습니다. 그리고 우리의 힘을 그들의 머리에 각인시켜 놓겠습니다."

마교인 아니라고 할까 봐 눈에 쌍심지를 켜며 흥분하는 추수였다.

사장이 추수의 옆에 앉아 들썩이는 추수의 어깨를 잡았다.

역시 연륜이 있는 사장이다.

"왜 너만 가려고 하는데? 그런 좋은 자리에 내가 빠지면 섭섭하지."

개뿔. 연륜은 개한테나 줘버린 사장이다.

"일단 진정 좀 하세요. 우선순위를 정해야 합니다. 그들에게 보복을 하는 것이 중요하겠습니까, 아니면 다른 몬스터 도시를 파괴하는 것이 중요합니까?"

뻔한 질문이다. 대답이 정해져 있는 질문이었다.

"그래도 배신자를 척살하는 게 더 중요하지 않을까?"

대답이 정해져 있는 질문임에도 엉뚱한 대답을 하는 사장의 입을 막아버리고 싶은 충동이 강하게 들었다.

"물론 몬스터 도시를 파괴하는 것이 더 중요하다고 생각합니다. 하지만 배신자들을 저대로 둔다면 우리에게 어떤 위험이 닥칠지 모릅니다. 일정에 지장이 생기지 않게 그들을 척살할 수 있습니다. 저에게 한 달만 주십시오."

200대의 슈트와 무기의 힘이라면 충분히 그들에게 배신자의 말로를 보여줄 수 있는 능력을 가지고 있는 추수였다. 겨우 육체의 수련과 미세한 기운을 얻은 중국 각성자들이 루카라스의 수련을 온전히 견딘 부대원들의 상대가 될 수는 없었다.

"왜 자꾸 혼자만 가려고 하는데? 나도 가고 싶다고."

"사장님은 안 돼요. 만약 중국 각성자들을 처리하기 위해 원정대를 꾸리게 된다면 추수를 중심으로 200명 이하의 부대원들로 구성될 겁니다. 사장님은 저와 다른 몬스터 도시를 파괴하러 움직여야 됩니다."

"아, 왜? 나도 배신자 새끼들의 얼굴을 짓이겨 주고 싶다고."

"저에게 맡겨주십시오. 제가 사장님의 몫까지 확실히 하고 오겠습니다. 단 한 명의 생존자도 없게 하겠습니다."

무서운 말을 서슴없이 내뱉는 추수였지만 사장은 여전히 중국에 가고 싶어 했다.

"사장님, 중국어 할 줄 아세요? 중국까지 가서 사장님이 뭐할 건데요?"

"내가 중국말은 못하지만 그래도 부대원들을 기가 막히게 지휘하잖아. 부대원 중에 중국어 할 줄 아는 사람 데리고 가면 되지."

나와 추수는 한참이나 사장을 달래고 나서야 그를 말릴 수 있었다.

"그러면 200대의 슈트와 쇼크 건, 그리고 개인당 열 발의 마정석 수류탄을 지급해 주겠습니다. 슈트를 회수하지 못해도 좋으니 위험한 상황이 닥치면 바로 후퇴해 주세요."

"알겠습니다. 한 명의 부대원도 다치지 않게 하겠습니다."

배신자들을 상대로 지지는 않을 것 같았지만, 워낙 전투적인 마교인들의 성향 때문에 사상자가 생길지도 몰랐다.

"그들의 척살도 중요하지만 가장 중요한 것은 사상자가 생기지 않는 겁니다. 아시겠죠?"

"절대 한 명의 부대원도 죽게 하지 않겠습니다."

추수의 굳은 의지가 느껴지는 눈빛을 보고 있자니 지금은 믿음이 갔지만, 피만 보면 눈이 돌아가는 마교인들의 성향이 걱정되긴 했다.

그래도 루카라스의 수련을 견딘 부대원들이 당하지는 않

겠지.

회의를 통해 200명의 척살대가 구성되었다.

몬스터가 아닌 사람을 척살하는 것은 이번이 처음이다.

그들이 들고 간 200대의 슈트는 조나단의 땀과 열정이 묻어 있는 작품으로 그들이 함부로 들고 갈 만한 물건이 아니었다. 단순히 몸만 도망갔다면 척살대를 구성하지 않았을 것이다. 그들은 감당하지 못할 물건을 가지고 갔다. 대가를 치러야 했다.

나는 새로운 몬스터 도시의 위치를 알아내었다.

오랜만에 들른 그라니안의 보금자리에 있던 일본 수련생들이 정보를 알려왔다.

"요즘 일본은 어때? 이제는 어느 정도 정리가 되었지?"

"교관님 덕분에 사람이 살 만한 정도는 되었습니다. 첫 수확물도 나왔고 이제는 자급자족이 가능한 단계까지 접어들었습니다."

"도시는 규모는 어느 정도까지 성장했어? 생존자가 그렇게 많아 보이지는 않았는데."

"일본 각지에서 생존자들을 모은 결과, 300만 명이 사는 도시를 만들 수 있었습니다."

300만 명. 분명 적지 않은 생존자이기는 하지만 1억이 넘는 인구수를 가지고 있던 일본이라는 것을 생각하면 터무니

없이 적은 숫자였다. 세계 10위의 인구수를 자랑하던 일본은 먼 옛날의 얘기였다. 물론 아직도 숨어 지내는 생존자들이 많긴 하겠지만, 그들을 다 모은다고 해도 500만 명은 넘지 않을 것이다.

"고생이 많겠어. 필요한 것이 있으면 언제든지 말해. 도와줄 수 있는 만큼은 도와줄 테니까."

"감사합니다. 지금까지 받은 도움만으로도 평생 갚지 못할 은혜를 입었습니다."

"그런 말은 됐고. 다른 일은 없지?"

"며칠 전에 브라질에서 기적적으로 돌아온 각성자가 몇 명 있었습니다. 2차 몬스터 범람 이전에 브라질로 파견된 헌터들인데 이번에 돌아왔습니다."

"브라질에서 일본까지? 어떻게 왔대? 그 거리를 이동하는 게 쉽지는 않았을 텐데 대단하네."

"다행히 기름이 있는 선박을 발견해서 타고 왔다고 합니다. 중간에 기름이 떨어져 죽을 고비를 몇 번이나 넘고서야 일본에 도착할 수 있었다고 합니다."

"브라질도 마찬가지로 지옥이라고 하지? 거기라고 다르지는 않겠지."

"오히려 브라질의 상황이 다른 나라보다 낫다고 합니다. 몬스터들이 밀림으로 들어가 시가지로 잘 나오지 않는다고 합니다. 몬스터들에게 밀림이 더 살기 좋은 환경인 것 같습니다. 특히 밀림 주변에 세워진 나무 장벽은 인간의 침입을 철저하게 막고 있다고 합니다."

감이 왔다. 인간의 침입을 막는 장벽. 그런 장벽을 세울 수 있는 존재는 그들뿐이었다.

"여기서 브라질은 멀까?"

"갑자기 왜 그런 질문을……?"

다음 행선지가 결정되었다.

중국으로 향하는 척살대와 브라질로 향하는 부대가 동시에 움직였다.

브라질로 가기 위해서는 선박을 이용해야 하니 사장은 더더욱 중국으로 갈 수 없게 되었다.

도시의 중앙에서 출정식이 열렸다.

"모두 안전을 제일로 생각해 주세요. 첫째도 안전, 둘째도 안전입니다."

부대원 한 명을 키우기 위해서는 육체의 그릇을 완성하는 단계에서 기운을 품는 단계까지 최소 6개월이라는 시간이 걸린다. 그리고 지금 눈앞에 있는 부대원들은 그런 수련뿐만 아니라 몬스터와의 전투 경험도 많은 능숙한 헌터들이다.

배신자 100명의 목숨보다 부대원 한 명의 목숨이 값졌다.

사람의 목숨에 가치를 매길 수는 없다는 말은 개소리였다.

나에게는 부대원 한 명의 목숨이 배신자 전부의 목숨보다

가치 있었다.

오랜만에 하는 연설이기에 최대한 근엄한 목소리로 말했다.

이런 목소리로 말해야 부대원들의 나에 대한 존경심이 더 강해지겠지.

"알았으니까 이제 출발하자."

내가 폼을 잡는 꼴을 못 보는 사장이다.

진짜 나이만 적었으면 후려갈겨 버리는 건데.

사장의 먹음직스러운 뒤통수가 오늘따라 빛나 보인다.

다른 길을 떠나는 추수에게 마지막으로 한마디 남겼다.

"절대 부대원을 잃지 마라. 명령이다."

"알겠습니다. 그럼 건승을 빌겠습니다, 교관님."

추수의 뒤를 따라 199대의 슈트가 발을 맞춰 움직였다.

우리 부대지만 멋있다. 군대의 제식이 아무리 멋지다고 해도 200대의 슈트가 동시에 움직이는 위압감을 이길 수는 없을 것이다.

그들의 뒷모습을 보는 것은 이 정도면 족했다.

이제는 우리도 움직여야 했다.

"포항으로 이동하겠습니다. 서둘러 주세요."

이미 선박에는 필요한 물품이 실려 있고, 우리는 출발하기만 하면 되었다.

브라질로 가는 뱃길은 호주로 가는 것과는 비교가 불가능할 정도로 긴 거리였다.

넓디넓은 태평양을 건너야 하는 것이다.

호주 원정을 교훈 삼아 부대원들은 다양한 놀이 기구를 가지고 왔다.

트럼프는 물론이고 바둑, 윷놀이까지 다양한 놀이 기구가 있었지만, 가장 인기 있는 것은 뭐니 뭐니 해도 족구였다.

선상 위에 쳐 둔 로프를 네트 삼아 족구를 하는 부대원들의 모습을 보고 있자니 내가 알고 있던 족구에 대한 상식이 부서지는 느낌이 들었다.

"이것도 받아봐라!"

운전을 뒤로하고 족구 삼매경에 빠져 있는 사장이 네트 반대편에 있는 부대원을 향해 공을 찼다. 공은 찢어지지 않은 것이 신기할 정도로 찌그러져서 부대원을 향해 날아갔다.

"혼자는 못 막아!"

부대원들은 사장의 공격을 혼자서는 막지 못한다는 것을 금방 알아챘다.

바람의 기운을 사용할 줄 아는 부대원이 공의 속도를 늦추었다.

공을 받는 위치에 서 있는 부대원 뒤에는 땅의 기운을 한껏 끌어올린 다른 부대원이 지지대가 되었다. 이 동작들이 1초도 되지 않아 시전되었다는 것에 입이 절로 벌어졌다.

이게 족구란 말이야?

"저걸 막다니!"

자신의 회심의 공격이 부대원들에 의해 무산되자 아쉬워하는 사장이다.

"공을 높이 올려!"

공격 찬스는 이제 부대원 쪽으로 넘어갔고, 공이 하늘 높이 올라갔다.

공 주위로 바람의 기운이 느껴진다.

높게 솟구친 공이 바람의 힘에 의해 공중에 멈추었다.

"잘 차야 된다. 이번 공격을 실패하면 끝이야."

두 명의 부대원이 부대원 한 명의 몸을 잡고는 하늘 높이 집어 던졌다.

공보다 높이 올라간 그는 몸을 회전하며 원심력을 이용해 공을 사장을 향해 찼다.

쉬이이잉!

공이 내는 소리인지 총알이 내는 소리인지 헷갈릴 정도이다.

"이런 공격에 내가 눈 하나 깜짝할 것 같냐!"

사장은 정말 눈 하나 깜짝하지 않았다.

펑!

단지 공을 막지 않았을 뿐이다.

"이야, 이겼다! 사장님 조가 오늘 식사 당번 하셔야 됩니다!"

족구라고 부를 수 없는 위험한 공놀이가 그렇게 끝이 났다.

브라질에 도착하기 위해서는 아직 많은 시간이 남아 있고, 이렇게라도 시간을 보내는 게 나을지도 몰랐다.

*　　*　　*

추수가 이끄는 척살대는 익숙한 길을 빠르게 이동하고 있었다.

그들은 현재 한국에 살고 있지만 마교인이었다. 당연히 중국의 지리를 잘 알고 있었다. 이미 여러 번 와본 길이었기에 그들의 걸음에는 망설임이 없었다.

조나단은 마정석 엔진의 개선을 게을리하지 않았는데, 이제는 시속 200㎞에 가까운 속도로 이동하는 슈트였다.

중국이라고 해도 밤낮없이 달리는 그들이라면 한 달이 지나지 않아 목적지에 도착할 수 있을 것이다.

"오늘은 여기서 쉬기로 한다. 휴식 시간은 일곱 시간. 최대한 피로를 풀어라."

한국을 떠난 그들은 모두 마교인이었지만 굳이 한국어를 썼다.

가끔씩 통역을 하는 추수를 제외하면 중국어를 사용한 적이 언제인지 기억조차 나지 않는 그들이다.

아무도 그들에게 한국어를 사용하라고 강요하지는 않았지만, 추수가 솔선수범해 한국어를 사용하니 당연히 그를 따르는 마교인들도 한국어를 사용했다.

그들은 능숙하게 슈트로 안전지대를 만들었고, 간단한 식사를 하고는 불침번을 제외하고 모두 잠자리에 들었다. 피곤하지 않더라도 그들은 잠을 잤다. 그들은 어릴 때부터 잠을 자는 법을 교육받았다. 필요한 순간에 깨어 있는 것도 중요했지만, 잘 수 있을 때 자는 것도 그만큼 중요했다.

부대원들이 모두 잠에 빠진 것을 확인한 추수는 자신의 천막 안으로 들어갔다.

그는 기대하고 있었다. 항상 정파에게 당하기만 하던 마교였기에 오늘 같은 날을 상상하고 기다렸다. 드디어 그날이 다가오고 있는 것이다.

20년을 넘게 기다렸다.

새벽이슬이 채 마르지 않은 시간, 그들은 다시 움직였다. 여섯 시간도 제대로 자지 못한 그들이지만 아무도 피곤한 기색을 보이지 않았다.

그들은 마교인이다. 정파를 사냥하러 가는 길에 피로를 느끼기는커녕 설레는 가슴을 진정시키기 바빴다.

"정찰조는 먼저 이동해라. 나머지 인원은 최대한 빠르게 이동 준비를 마친다."

혹시 모를 몬스터의 위협을 대비해 열 명의 인원으로 구성된 정찰조가 먼저 움직였고, 30분 후 준비를 마친 부대원들이 정찰조가 미리 닦아놓은 길을 따라 움직였다.

소소한 몬스터들이 나타나긴 했지만 철저히 무시하는 그들이다.

마정석 엔진의 마정석을 충전할 때를 제외하면 몬스터 사냥 자체를 하지 않았다.

그들의 목적은 오직 정파인들이었다. 몬스터들에게 뺏길 시간 따위는 애초에 존재하지 않았다.

*　　　*　　　*

군대 족구를 흔히 전투 족구라고 부르지만 진정한 전투 족구는 선상에서 벌어지고 있었다. 다친 사람이 안 나오는 게 신기할 정도였다.

족구 때문에 선상이 부서질까 봐 쇠의 기운으로 족구장을 코팅하기까지 했다.

어쨌든 족구 시합 덕분에 시간은 지루하지 않게 흘렀다.

조를 나누어 대항전까지 했다.

우승은 당연히 나와 사장이 포함되어 있는 조가 했다.

우승 트로피를 들어 올렸을 때 환호 대신 야유가 쏟아져 나왔지만 그 정도의 야유를 신경 쓸 나와 사장이 아니었다.

"드디어 육지가 보이기 시작하네. 참 긴 여행이었어."

"그러게요. 이번 여행이 끝나면 당분간은 쉬어도 좋을 것 같네요."

내가 흡수한 제자의 기운은 모래의 능력자, 생명의 수호자, 드래고니안 이렇게 세 명이었다.

검은 로브가 흡수한 제자는 두 명. 균형은 맞았다.

엘프와 오크가 나의 편을 들어준다고 한다면 남아 있는 모든 제자의 힘을 검은 로브가 흡수한다고 하더라도 나를 쉽게 생각할 수는 없을 것이다.

사실 내가 더 유리했다. 검은 로브의 힘을 흡수하지 않았지만 블라디미르의 힘을 흡수했기에 그가 사용하는 죽음의 기운을 나도 사용할 수 있기 때문이다.

이번을 마지막으로 내실을 다질 생각이다. 도시를 좀 더 완벽히 요새화시켜 만약에 있을 일에 대비해야 했다.

엘프와 오크를 설득하는 것은 어렵지 않을 것이고, 그렇게 된다면 얼마 지나지 않아 그들의 스승을 부활시킬 수 있게 될 것이다.

그렇게만 된다면 이제는 이 지옥 같은 몬스터 범람은 끝이다.

브라질에 있는 제자가 어떤 능력을 가지고 있을지는 모르지만 빨리 끝내고 싶었다.

부인들의 얼굴이 한 시간이 멀다 하고 떠올라 죽을 것만 같았다.

이번 원정만 끝나면 한동안은 침대에서 안 나와야지.

"무슨 생각을 하길래 그렇게 음흉한 표정을 짓고 있냐?"

"별생각 안 했습니다. 그냥 브라질의 몬스터들은 얼마나 강할까 생각하고 있었습니다."

"퍽이나 네가 그랬겠다. 변태 새끼."

"제가 왜 변태예요? 부인을 생각하는 게 변태라니 말이 됩니까? 당연한 거지."

"역시 조금 찔러보니 사실을 토해내네. 전투가 코앞인데 여자 생각이나 하고 있고, 정신 차려, 인마."

생각도 내 마음대로 못하나. 쳇.

부대원들이 슈트를 입고 식량과 무기를 배에서 내리자 나는 이번에도 배를 육지로 끌어올려 장벽으로 만든 상자 안에 고이 모셔두었다.

"브라질 애들이 축구를 잘하잖아. 족구도 잘할까? 한판 붙어보고 싶은데."

사장은 족구에 미쳤다. 그런 전투 족구를 할 사람이 부대원 말고 있을 리가 없잖아.

"몬스터 도시에 들어가서 몬스터들이랑 족구 시합을 하자고 하지 그래요?"

"걔네들도 족구를 좋아할라나?"

사장의 헛소리를 들으며 이동 준비를 마쳤고, 그 유명한 브라질의 정글 지대 아마존을 향해 이동했다.

아직 브라질에 도착한 것은 아니었다. 우리는 페루에 배를 정박하고 아마존을 향해 이동해야 했다. 몬스터가 살고 있는 아마존과 가까운 곳에 위치한 페루였고, 그곳에서는 생존자의 모습을 찾아볼 수 없었다. 먹이를 찾아 어슬렁거리는 몬스터 몇 마리를 사냥한 것 말고는 빠르게 아마존을 향해 이동했다.

제5장
정파의 최후

PURE BREED HUNTER

200대의 슈트가 발을 멈추었다. 아직 해가 중천에 떠 있다. 숙영을 하기 위해 발을 멈춘 것이 아니었다. 식사도 하루에 한 끼만 하는 그들이기에 그들의 발이 멈출 이유는 하나뿐이었다.

"도착했다. 모두 전투 준비."

추수가 이끄는 척살대가 목적지에 도착했다. 아직 정파인들의 모습이 보이지 않았지만 그들은 미리 전투 준비를 마쳤다.

단 한 명도 살려두지 않겠다는 굳은 의지가 느껴졌다.

적개심에 가슴이 타버릴 것만 같은 추수는 한국을 떠나기

전 자신의 스승이자 주인으로 섬기고 있는 추용택이 한 말을 떠올렸다.

그래, 절대 단 한 명의 부대원도 잃지 않겠어.

뜨겁게 타올랐던 그의 심장이 냉정을 찾았다. 그의 가슴이 차가워지자 시야가 넓어졌다.

동굴이 여기저기 파져 있는 돌산.

저 동굴 안에 정파인들이 쥐새끼마냥 숨어 있을 게 분명했다.

저따위 동굴에서 숨어 지내기 위해 중국 정부를 버리고 우리를 배신했다니.

돌산을 향해 걸어가자 인기척이 느껴지기 시작했다.

200대의 슈트가 움직이는 소리에 정파인들이 반응하고 있는 것이다.

슈트를 입은 배신자들의 모습은 왜 보이지 않지?

동굴에서 기어 나오는 정파인들은 단순한 각성자들이었다.

목표인 배신자들과 함께 지내는 사람들일 뿐이다.

"저들을 모조리 사로잡아라! 죽여도 상관없다!"

잔인한 명령이 추수의 입에서 떨어지자 척살대는 아무런 대꾸도 없이 돌산을 향해 달려갔다. 천 명은 족히 넘어 보이는 정파인들이 슈트를 보고 다가가다 슈트가 자신들을 향해 무서운 속도로 달려오자 뒤도 돌아보지 않고 도망치기 시작했다.

자신들이 알고 있는 슈트가 아니었다.

정파인들의 새로운 희망으로 떠오른 슈트가 아니었다.

비슷한 모습을 하고 있지만 수도 훨씬 많고 무시무시한 적개심을 뿜어내며 달려오고 있다.

도망가야 한다. 저들은 우리를 죽이기 위해 온 자들이다.

정파인들은 모두 같은 생각을 하고는 온 힘을 다해 도망쳤다.

몬스터의 소굴로 변한 중국에서 살아남은 정파인 대부분은 각성자들이었고, 당연히 일반인은 낼 수 없는 속도로 달릴 수 있었다. 하지만 그들은 운이 없었다.

그들의 뒤를 쫓고 있는 자들은 일반인도, 보통의 각성자도 아니었다.

모두 드래고니안의 수련을 착실히 이행해 날을 세운 도검이었다.

"으아아아!"

정파인들을 사로잡으라는 추수의 말보다 죽여도 좋다는 말만 들은 척살대원들은 자신의 손에 붙잡힌 정파인을 단숨에 찌그러뜨려 죽여 버렸다.

몇십 년 동안 당한 울분을 풀어내고 있는 것이다.

추수는 명령을 내리기 전부터 이런 상황이 될 것을 예상하고 있었다.

인질은 많지 않아도 좋았다. 지금은 그들의 울분을 풀게 하고 싶었다.

"오른쪽에 두 마리 도망가고 있어! 놓치면 평생 놀릴 테니 알아서 해!"

동료가 하는 말을 듣고 척살대원 한 명이 급히 우측으로 몸을 틀었다.

감히 내 눈을 속이고 도망가려 하다니.

우리의 분노를 풀기 위해서는 단 한 명의 도망자도 용납할 수 없었다.

도복 차림의 도망자들은 나무 사이로 몸을 피했다. 큰 덩치를 가지고 있는 슈트였기에 나무 사이에서는 힘을 쓰지 못한다고 생각한 것이다.

하지만 그들은 잘못 생각했다.

척살대원은 나무를 모조리 부수며 빠르게 도망자들에게 접근했고, 벨트를 채찍으로 만들어 그들에게 휘둘렀다.

퍽! 퍽!

한 번의 채찍질에 두 개의 머리가 부서졌다.

"여긴 상황 종료."

정파인의 절반 정도가 척살대원의 손에 싸늘한 시체로 변했다.

이제는 그들을 진정시켜야 했다.

"이제 인질을 사로잡아라!"

추수의 명령에 채찍을 휘두르거나 발로 정파인들을 짓밟던 척살대원들은 행동을 멈추고 토끼몰이를 시작했다. 정파인들을 사로잡기 위해서는 막다른 골목에 몰아야 했다.

200대의 슈트 반대 방향으로 도망가던 정파인들은 자신들의 앞을 가로막는 절벽에 발을 멈추었다.

200대의 슈트의 가슴이 동시에 열렸다. 슈트는 몬스터를 살상하기 위해 제작되었기에 인질을 사로잡는 데는 용이치 않았다.

슈트에서 내려온 200명의 척살대원.

자신들과 같은 사람이라는 것에 희망을 품은 걸까?

정파인들은 무기를 집어 들고 절벽 반대 방향으로 달려갔다.

척살대원들이 있는 곳으로 말이다.

숫자로는 정파인들이 유리했다. 아직 500명의 생존자가 있었다.

500 대 200, 일반적으로는 수가 많은 쪽이 유리하다고 생각하게 마련이다.

하지만 200명의 척살대원은 일반론적인 상황을 부술 능력을 가지고 있었다.

"우리를 얕보고 있다! 지금이다! 저들을 쳐라!"

정파인들이 사기충천해 척살대원들에게 달려들었지만, 결과는 좋지 못했다.

그들이 휘두른 검을 너무도 쉽게 손으로 잡아 부서뜨린 척살대원들은 단숨에 정파인들의 사지 중 일부를 잘라 버렸다.

인질을 묶을 밧줄이 부족했다. 정파인들의 옷이 좋은 밧줄로 변해갔다.

마교인들은 그들을 묶으면서도 구타를 멈추지 않았다.

지금까지 쌓인 설움이 그들을 그렇게 만들었다.

"모두 한곳으로 치워둬라. 그리고 우리는 여기서 기다린다."

정파인들을 고문해 알아낸 정보에 의하면 200명의 배신자는 주변 몬스터들을 사냥하기 위해 오전에 떠났다고 한다.

해가 지기 전에 그들은 돌아올 것이다.

오랜만에 보는 후배들을 맞이하기 위해 작은 선물을 준비해 두었다.

곱게 포장까지 해둔 선물을 보고 좋아할 그들을 생각하는 듯 추수의 입꼬리가 살며시 올라갔다.

*　　　*　　　*

아마존은 사람을 짜증 나게 하는 요소를 완벽하게 갖추고 있었다.

더운 기온과 습한 습도 등 모든 게 완벽했다.

나는 기운을 이용해 더위를 피할 수 있었지만 부대원들은 그렇지 못해 조금만 건드려도 터질 것 같은 폭탄으로 변해 있었다.

지금 한 마리의 몬스터라도 모습을 드러낸다면 성난 부대원들의 손에 갈기갈기 찢어지는 영광을 누릴 수 있을 것 같았다.

"모두 정지! 전방에 몬스터 부대가 접근하고 있네요!"

"그래? 몇 마리냐? 아니, 몇 마리인지는 중요하지 않지! 다 죽여 버릴 거니까!"

짜증이 극에 달한 사장의 목소리에는 살기가 듬뿍 담겨 있다.

미리 몬스터들에게 애도를 표했다.

"쇼크 건 발사! 수류탄도 던져 버려! 이 지랄 같은 정글을 다 태워 버려!"

사장이 폭주했다. 자연계 몬스터의 모습도 보이지 않는데 마정석 수류탄을 던지라고 명령했다. 다행히 대부분의 부대원이 짜증 섞인 사장의 명령이 정상적이 아니라는 것을 알고 몇 발의 수류탄만이 몬스터를 향해 날아갔다.

몇 발의 수류탄이었지만 그 위력은 대단했다. 쇼크 건에 이미 감전되어 몸을 움직이지 못하는 몬스터들이 마정석 수류탄에 형체도 알아보지 못할 정도로 부서졌다.

"발사 중지!"

화끈한 수류탄의 폭발 장면 덕분인지 사장은 짜증이 한풀

가셨고, 정상적인 명령을 내리기 시작했다.

주위에는 살아 있는 몬스터의 모습이 보이지 않았기에 쇼크 건을 발사할 이유는 없었다.

조금은 늦은 감이 있지만 지금이라도 쇼크 건이 멈추어서 다행이었다.

쓰러진 몬스터들에게서 마정석을 추출하면 되긴 했지만 그러는 과정에서 시간을 뺏기고 싶지 않았다.

사용한 만큼 마정석을 추출하고 우리는 다시 더 깊은 아마존을 향해 움직여 말로만 듣던 목책을 만날 수 있었다.

목책이라고 부르기에는 조금 애매했다. 나무에 넝쿨이 자라나 자연스레 벽을 만든 형상이었다.

목책을 발견하자 사장이 먼저 움직였다. 사장은 채찍을 꺼내 들어 목책을 향해 휘둘렀다.

퍽!

강한 힘이 실린 쇠 채찍이 넝쿨을 두드렸지만 큰 효과를 보진 못했다.

넝쿨이 얼마나 옹기종기 붙어 있는지 쇠 채찍을 밀어낼 정도였다.

"이거 힘으로 부수기에는 시간이 너무 걸리겠는데? 불을 질러야겠어."

"그러네요. 제가 불을 지를게요."

불의 기운을 사용할 수 있는 부대원을 움직이려는 사장을 막아서고 내가 나섰다.

괜히 부대원들의 힘을 뺄 필요는 없었다.

불의 기운과 적절한 바람의 기운을 이용하면 저런 넝쿨쯤이야 순식간에 재로 만들 수 있었다.

불타오르는 넝쿨은 점점 크기를 키우더니 이내 주위를 같이 불태우기 시작했다.

"이제 넝쿨이 사라진 것 같은데 불을 꺼야겠죠?"

"왜? 다 태워 버려! 이 지랄 같은 정글, 다 불태워 버리자! 우리가 살 곳도 아닌데 상관없잖아?"

환경 보호 단체가 남아 있었다면 기절초풍할 말을 서슴없이 던지는 사장이다.

지구의 폐라고 불리는 아마존을 다 불태운다면 어떤 후폭풍이 불어올지 모른다.

사장의 바람을 이루어줄 수는 없었다.

불을 잠재우기 위해 땅의 기운과 물의 기운을 사용하자 불길은 빠르게 소멸되어 갔다.

"이제 몬스터 도시로 진입해 볼까요?"

"오케이. 어떤 놈들이 기다리고 있을지 기대되는구만."

아직 꺼지지 않은 불길을 헤치고 몬스터 도시에 들어가자 미리 기다리고 있던 몬스터들이 우리를 반겼다.

정글에서 사는 놈들이라 그런지 참 징그럽게도 생겼다.

뱀의 형상을 하고 있는 몬스터는 기본이고, 수십 개의 다리를 달고 있는 벌레의 모습도 보였다.

제자는 이들을 다 처리하고 나면 나오려나?

"우측에 자연계 몬스터로 보이는 몬스터 출현! 3조, 마정석 수류탄 투척!"

전보다 냉정을 찾은 건지 사장의 명령은 각이 잡혀 있다.

열 개의 수류탄이 정확히 거대한 지네형 몬스터를 향해 날아갔고, 지네는 수백 개의 발을 움직여 보이지도 못하고 조각이 나버렸다.

쇼크 건이 불을 뿜고 마정석 수류탄이 사방으로 날아다녔다.

이쯤 되면 그가 나타날 만도 했다.

"누구냐? 누군데 감히 나의 영역을 어지럽히는 것이냐?"

역시 양반은 되지 않아 보이는 존재가 나타났다.

이제 나도 몸 좀 풀어볼까.

* * *

엘프를 실제로 본 적이 있다. 형식이가 요즘도 엘프 마을에 들러 정령술과 마법을 배우고 있기 때문에 자주는 아니지만 한 달에 한두 번은 엘프 마을을 방문했다. 그래서 이제는 엘프들과도 꽤 친해진 상태였다.

그랬기에 엘프의 외모가 익숙했고, 지금 눈앞에 있는 존재도 엘프라는 것을 보자마자 한눈에 알 수 있었다.

열한 명의 제자는 다양한 종족으로 구성되어 있었다. 드래고니안 다음에 엘프라니.

정령술을 쓰려나?

"엘프가 몬스터를 다루는 건 엘프의 자존심을 버리는 행동 아닌가요?"

그는 구릿빛 피부를 하고 있었기에 표정의 변화가 얼굴에 잘 표가 나지 않았지만 나의 발언에 그가 분노했다는 걸 알 수 있었다.

"왜 엘프는 그러면 안 되는 거지? 그리고 나는 일반 엘프가 아니다. 새로운 엘프다. 일반 엘프와 나를 비교하지 마라."

자아도취의 냄새가 나네. 자기 합리화도 적당히 해야지. 배신해 놓고 새로운 엘프라고 말하면 다인가.

"새로운 엘프라고 하니 엘프 고유의 기술을 쓰지는 않겠죠? 정령술이라거나 정령 마법이라거나 말이죠."

"헛소리 말아라! 그냥 죽어라!"

역시 말이 막히면 주먹부터 나가는 것은 인간이나 엘프나 다르지 않았다.

엘프의 몸에서 정령의 기운이 느껴졌다.

엘프 마을에서 원 없이 느껴봤기에 어떤 정령의 기운인지는 몰라도 정령의 기운이 그의 몸에서 뿜어져 나오고 있다는 것 정도는 알 수 있었다.

저벅저벅!

거대한 나무 하나가 걸어오고 있다.

"나무의 정령인가요?"

"무려 상급 나무의 정령이다. 엘프 중에서도 극소수만이 상급 정령을 부를 수 있고, 나는 그중 가장 뛰어난 정령술을 가지고 있다."

물어보지도 않은 말을 자랑스레 내뱉는 엘프였다. 자랑하고 싶어 안달이 난 모습이다.

하지만 그의 말은 허풍이 아니었다. 나무의 정령은 자연계 몬스터를 손쉽게 씹어 먹을 정도의 기운을 풍기고 있었다.

불을 지를까?

나무를 보자 가장 먼저 드는 생각이다.

나무는 선천적으로 불에 약한 존재이다. 나는 불을 지를 능력도 되고 여건도 되었다.

망설일 이유가 없었다.

습도가 높은 아마존 밀림이지만 불을 지르지 못할 정도의 습도는 아니었다.

치지직.

손 위에서 작은 불꽃이 일어났다.

불꽃은 점점 크기를 키워가 주변으로 퍼져 나가기 시작했다.

습한 나무들이었지만 금세 불이 붙어 나무의 정령 근처까지 옮겨 붙었다.

"감히 나의 영역에서 불장난을 할 생각을 하다니 용서하지 않겠다!"

"네, 용서하지 마세요. 저도 그럴 생각이니까요."

엘프의 구릿빛 피부가 검붉게 변했다.

화가 머리끝까지 났다는 뜻이겠지.

엘프가 무슨 짓을 할지 궁금해 가만히 그를 지켜보았다.

그의 능력은 조만간 내 능력이 될 것이고, 그가 어떻게 능력을 사용하는지 알고 싶었다.

"물의 샤워."

거창한 주문에 비해 하늘에서 쏟아지는 물의 양은 그렇게 많지 않았다.

말 그대로 샤워를 하기 딱 좋은 물줄기가 하늘에서 떨어지기 시작했다.

불길이 약해지긴 했지만 꺼질 정도는 아니었다.

이런 상황에서 입을 가만히 있을 수는 없지.

"샤워하기에는 딱 좋은 물줄기인데 샤워하기에는 보는 눈이 너무 많지 않나요? 고작 이런 능력이 전부라면 실망스러운데요."

지금까지 상대해 온 제자들은 특출 난 능력을 가지고 있었다.

그들을 상대하면서 죽음의 위협을 느끼지 않은 적이 없었다. 이 엘프도 다른 능력을 가지고 있을 것이다. 엘프를 도발하며 그가 가진 전부를 끄집어내게 하였다.

"내가 물의 정령과는 친화력이 강하지 않지만 다른 정령과의 친화력은 뛰어나니 실망하지 않을 것이다."

엘프의 말이 끝나자 나무의 정령 주위에 새로운 정령들이 모습을 드러냈다.

골렘처럼 생긴 저놈은 딱 봐도 땅의 정령이겠고 옆의 놈은 바람의 정령인가?

매보다 큰 덩치를 가지고 있는 새 한 마리. 털이 한시도 가만있지 않고 바람에 살랑거리는 것을 보니 바람의 정령인 것 같다.

"이제 시작인가요? 그러면 저도 준비하죠."

사실 정령술을 사용하는 것은 오행의 기운을 이용하는 공격과 크게 다르지 않다고 생각하고 있다. 엘프 마을에서 여러 번 구경해 본 정령의 능력은 자연의 기운을 이용한 공격이 대부분이었고, 그것은 나도 할 수 있었다.

"땅의 정령아, 움직여라. 저놈의 발을 묶어라."

무식하게 생긴 골렘이 땅으로 들어갔다. 땅의 정령인 만큼 땅으로 사라지는 속도가 전광석화였다. 땅으로 사라진 골렘이 할 짓은 뻔했다. 발을 묶기 위해 사라진 골렘이니 땅속에서 손이나 그 비슷한 거 하나가 튀어나오겠지.

쑤욱.

발밑에서 손 하나가 튀어나왔다. 오우거의 손보다 거대한 손이 나의 발을 잡기 위해 다가왔다.

예상 범주를 벗어나지 못하는 공격이고, 나는 이미 대처법을 구상한 지 오래였다.

땅의 정령이 만들어낸 손 옆에 다른 손 하나가 솟구쳐 올랐다.

두 개의 손은 서로를 붙잡고 놓아주지 않고 있다. 누구의 힘이 더 강하다고 할 수는 없고, 석상처럼 멈춰 있는 손들이다.

"다른 것 뭐 없나요? 여전히 실망감이 드는데요."

엘프를 보며 비웃었다. 여전히 자신의 능력을 다 선보이지 않고 있는 엘프였다.

만약 이게 전부라면 그의 목숨도 여기서 끝이다.

"허튼소리. 이제 시작일 뿐이다. 새로운 엘프인 나를 무시하다니, 용서하지 않겠다."

뻔한 레퍼토리의 말을 내뱉은 엘프는 바람의 정령을 움직이게 했다.

바람의 정령이 날갯짓을 하기 시작하자 돌풍이 불기 시작했다.

돌풍 속에 몸을 숨긴다고 숨긴 바람의 정령이 나를 째려보고 있다.

틈을 노리고 있겠지. 돌풍 속에 자신의 모습을 감추고 나에게 날아올 게 뻔했다.

일부러 틈을 열어줬다. 공격할 테면 해보라는 식이다.

두 손을 뒤로하고 몸을 열었다. 텅 빈 가슴을 앞으로 향하며 바람의 정령이 공격하기를 기다렸다.

내가 틈을 연 순간, 돌풍이 더 강해지더니 그 사이에서 바람의 정령이 튀어나왔다.

형체도 알아보지 못할 정도로 빠르게 다가오는 바람의 정령.

하지만 바람의 정령은 나에게 다가오지 못할 것이다.

바람의 칼날로 만든 그물이 이미 바람의 정령의 진행 방향을 향해 쳐져 있는 상태였고, 이내 그물로 다가가는 물고기가 돼버린 바람의 정령이다.

"삐이이익."

바람의 정령이 날카로운 그물에 몸이 찢겨 나갔고, 공기가 새어 나가는 소리를 내며 사라졌다.

엘프의 속을 긁는 말을 하고 싶었지만, 그의 표정을 보고 있자니 그럴 필요가 없어 보였다.

엘프의 정신을 잡고 있던 끈이 끊어졌다. 그의 몸에서 엄청난 양의 정령력이 폭발하고 있다. 손가락 싸움을 하고 있던 땅의 정령이 모습이 사라졌고, 불에 고통받고 있던 나무의 정령도 사라졌다.

그는 정령력을 모두 회수해 새로운 공격을 하려는 것이다.

"내가 소환할 수 있는 정령 중에 최상급 정령이 하나 있지. 최상급 정령을 본 적이 있는가? 없겠지. 최상급 정령을 소환할 수 있는 존재는 드래곤밖에 남아 있지 않으니까."

엘프의 옆에서 불에 뒤덮인 말 한 마리가 나타났다. 얼마나 강한 불길을 내고 있는지 말의 주변이 순식간에 불바다로 변하고 있다.

"나보고 불 지른다고 뭐라 하지 않았나요?"

"닥쳐라! 아직 내 말은 끝나지 않았다. 최상급 불의 정령이 내는 힘만으로도 너를 충분히 재로 만들 수 있겠지만, 특별히 내가 만든 새로운 기술을 선보여 주마. 내가 왜 새로운 엘프라고 불리는지 너도 알게 될 거다."

여전히 자아도취에 심하게 빠진 엘프였다.

엘프는 천천히 말의 옆으로 걸어갔다. 엘프의 옷이 최상급 불의 정령이 내는 불길을 견디지 못하고 타들어가고 있다.

뭐 하려고 저러는 거지? 자살이라도 하려는 건가?

뜨거운 불길 사이로 걸어 들어가는 엘프가 정상처럼 보이지는 않았다.

최상급 불의 정령이 피워내는 불길은 엘프의 옷은 물론이고 머리카락까지 태워 버렸다.

그런 수고를 하면서까지 엘프는 불의 정령 위에 올라타는 데 성공했다.

그 모습을 보고 있자 한 가지 생각밖에 들지 않았다.

엉덩이 뜨겁겠다.

"이제 지켜봐라. 내가 왜 새로운 엘프라고 불리는지."

엘프의 몸이 녹아내리기 시작했다.

얼마나 불길이 뜨거우면 엘프가 녹아내릴까.

하지만 엘프만 녹고 있는 것이 아니었다. 불의 정령도 녹아내리고 있었고, 엘프와 불의 정령은 점점 하나가 되어갔다.

엘프의 형체가 사라지고 곧이어 불의 정령의 형체도 사라졌다.

녹아내린 그들이 섞이는 과정은 오래 걸리지 않았다.

반인반마.

헌터를 시작하고 얼마 되지 않아 반인반마형 몬스터를 사냥한 적이 있다.

켄타로우스의 모습과 별반 다르지 않은 모습을 하고 있었지만, 몸에서 불길을 뿜어내고 있는 것 하나만은 특별했다.

"내가 정령이 되고 정령이 내가 되었다. 우리의 힘이 하나가 된 순간 네가 나를 이길 가능성은 완전히 사라졌다. 새로운 엘프를 찬양하며 죽어라."

정령과 하나가 되어서도 여전히 자아도취에 빠져 있다.

"말 주제에 말이 많네. 이리 오렴."

말을 상대로 존칭을 하고 싶은 마음은 없었다.

강아지를 부르듯이 그를 부르자 정령과 합체한 엘프가 미친 속도로 달려오기 시작했다.

말발굽이 지나간 자리에는 불길이 번져 있고, 숨결마저도 불길을 내뿜고 있었다.

이건 조금 위험하겠는데.

화염 면역력이 있기도 하고 불의 기운을 습득하며 용암에까지 빠진 적이 있지만, 정령과 합체한 엘프가 만들어내는 불은 용암보다 더 위험해 보였다.

굳이 위험을 자초하고 싶지는 않았다.

모래 방어막이라면 저 불길을 막을 수 있겠지.

드래고니안의 주먹에 한번 깨진 적이 있는 모래 방어막이지만, 나는 여전히 모래 방어막의 방어력을 믿고 있었다.

불의 숨결을 내뱉고 있는 말이 도착하기 전에 모래 방어막을 만드는 데 성공했다.

모래 방어막 안은 정적만이 맴돌았다. 나는 소리마저 차단하는 모래 방어막 안에서 엘프의 모습을 확인하기 위해 기감을 끌어 올렸다.

미친 망아지 한 마리가 모래 방어막 주변에서 날뛰는 게 느껴졌다.

정말 미쳤다는 말이 어울리는 망아지의 행태였다.

뒷발굽으로 모래 방어막을 연신 때리고 머리까지 이용해 모래 방어막을 공격하고 있는 망아지다.

지능이라는 게 없어 보이는 엘프의 모습에 그를 사로잡을 좋은 방법이 생각났다.

앞뒤 가리지 않고 달려드는 망아지 한 마리를 잡기 위해서는 목줄을 묶으면 된다.

모래 방어막을 풀었다.

열기를 막아주던 모래 방어막이 사라지자 순식간에 주변의 열기가 나를 덮쳐 왔다.

열기뿐만 아니라 망아지도 나를 덮치기 위해 달려오고 있다.

"히이이잉."

이제는 말소리까지 내는 엘프였다.

제정신을 잃은 엘프에게는 충격요법이 필요한 법이다.

가장 좋은 충격요법은 독방이지.

나는 모래 방어막 안에서 미리 만들어둔 생명의 구슬을 그를 향해 던졌다.

밝은 빛이 망아지에게 쏟아져 나가기 시작했다.

망아지는 자신을 빨아들이려는 빛을 향해 빠르게 달려들었다.

도망을 가도 시원찮을 판국에 생명의 구슬 안으로 자진해서 들어가다니.

내 입장에서는 좋은 일이지만 어쩌다가 지성의 존재인 엘프가 이 정도로 멍청해졌는지 안쓰러웠다.

망아지를 흡수한 생명의 구슬에서 더는 빛이 새어 나오지 않고 있다.

땅에 떨어진 생명의 구슬을 집어 들고 가볍게 손바닥으로 튕겼다.

이걸 어떻게 하면 좋을까?

답은 하나였다. 흥분한 망아지를 진정시킬 진정제를 주입해야 한다.

망아지 진정제로 가장 좋은 것은 검은 아지랑이였다.

생명의 구슬을 집어삼킨 검은 아지랑이가 크기를 키워 나가고 있다.

*   *   *

배신자들을 기다리며 시간을 보내고 있던 척살대원들이 움직이기 시작했다.

자신들이 기다리던 배신자들이 돌아오는 소리가 들려왔기 때문이다.

200대의 슈트가 움직이는 소리는 아무리 멀리 떨어져 있다고 해도 들을 수 있었고, 척살대원들이 배신자를 맞을 준비를 할 시간은 충분했다.

"이게 무슨 짓이냐!"

부서져 있는 보금자리, 죽어 나자빠져 있는 동료들.

슈트를 타고 있는 200명의 배신자가 분노할 요건은 충분했다.

"무슨 짓이냐고? 도망자가 할 말은 아닌 것 같군. 배신의 말로가 죽음이라는 걸 예상하지 못한 건가?"

추수가 웃었다. 그가 웃는 얼굴을 보는 것은 힘든 일이다. 워낙 웃음을 절제하며 살아가는 그였기에 그가 웃는 모습을 본 사람은 몇 명 되지 않았다.

하지만 추수의 웃음은 조금은 비틀려 있었다. 비웃음이다.

추수는 배신자들에게 비웃음을 날리고 있었다.

항상 비웃음을 받기만 하던 마교 시절을 회상하고 있는 듯해 보이는 추수였다.

그의 뒤에 서 있는 부대원도 추수와 다르지 않은 미소를 짓고 있었다.

정파인들이 이런 비웃음을 받아본 적이 있었을까?

존경과 감사의 인사만을 받던 그들이기에 이런 비웃음을 받는 것이 익숙지 않아 보인다.

"이제 사냥의 시간이 찾아왔다! 모든 부대원은 배신자들을 척살하라! 단 한 명의 생존자도 용납할 수 없다! 모두 죽여라!"

추수의 명령이 떨어지자 흥분한 마음을 감추지 않고 있던 부대원들이 환호성을 질렀다.

"와아아아아아아!"

그들의 외침은 사냥감을 물어뜯는 사자의 울음소리와 다르지 않았다.

추수는 주위를 둘러보았다.

슈트의 잔해와 여러 개의 웅덩이.

굳이 마정석 수류탄을 사용하지 않아도 충분히 배신자들을 상대할 수 있었지만 압도적인 힘의 차이를 보여주기 위해 마정석 수류탄을 사용했고, 전장에는 웅덩이가 생겼다.

이제 끝난 건가? 배신자들의 척살이 이렇게 허무하게 끝난 건가?

아니었다. 아직 살아 있는 소수의 배신자가 바닥을 뒹굴고 있었다.

더는 움직이지 않는 슈트에서 내려와 있는 배신자들의 모습이 낯익다.

마을과 수련장을 지나치며 본 얼굴이 아니었다.

한국으로 오기 전에 본 얼굴이었다.

푸른색 도복을 입고 멋들어진 수염을 기른 정파인.

자신들이 마교인이라는 이유 하나만으로 탄압하던 정파인 중에서도 가장 선두에 서서 괴롭히던 그를 어찌 잊을 수 있을까.

"이런 상황이 올 줄 알았는가? 나는 몰랐다. 평생 너희에게 탄압을 받으며 살아갈 줄 알았지. 하지만 상황이 이렇게 돼버렸군."

추수는 천천히 몇 안 되는 배신자들 앞으로 걸어갔다.

추수의 걸음 소리가 가까워질수록 그들의 심장 박동 소리도 빨라졌다.

죽음의 공포를 느낀 것이다.

그들만큼 마교인을 잘 알고 있는 사람도 드물었다.

항상 벌레라고 생각하던 마교인이었지만 그들의 손속은 매웠다.

죽음을 불사하고 전투를 치르는 마교인에게 죽은 정파인의 수도 적지 않았다.

무력으로는 정파인에게 상대되지 않는 마교인들이었기에 정파인들을 상대하기 위해서는 목숨을 걸어야 했다. 공포도 통증도 잊고 달려드는 마교인들이 얼마나 잔인한 성정을 가졌는지 특히 그는 잘 알고 있었다.

"우리는 그냥 문파를 위해 살고 싶었을 뿐이다. 우리도 사람답게 살고 싶었을 뿐이다. 그런 지옥이 아닌, 우리를 기다리고 있는 사람들이 있는 곳에서 살고 싶어 한 것이 그렇게 잘못이라는 말이냐!"

"닥쳐라! 너의 입에서 썩은 벌레 냄새가 나는구나. 그래, 사람답게 살고 싶어 하는 것이 잘못되지는 않았다. 하지만 왜 우리를 배신했지? 처음부터 이럴 의도로 우리에게 접근한 것이 아니더냐? 우리가 그렇게 허술한 사람들로 보였나? 우리를 수십 년, 아니, 수백 년 동안 탄압하면서 그런 것도 알지 못했단 말이냐!"

추수의 이빨이 빠르게 부딪치고 있다.

보통 공포에 질린 사람이 그런 반응을 보인다. 하지만 추수는 공포에 질릴 이유가 없었다.

공포심을 주는 입장이다.

그는 흥분한 것이었다. 너무나 흥분해 입이 절로 움직여 끔찍한 소리를 만들어낸 것이다.

그 소리를 듣는 생존자들은 귀를 막고 싶을 것이다.

저 소리가 끝나는 순간 자신들의 목숨도 끝난다는 것을 잘 알고 있을 테니까.

"끝내라! 저들의 목을 잘라 나무 위에 묶어라! 배신자의 말로가 어떤 것인지 지옥에서도 잊을 수 없도록 만들어라!"

추수의 명이 떨어졌고, 호시탐탐 배신자들의 목을 치기 위해 노리고 있던 척살대원들이 앞다투어 검을 휘둘렀다.

열 명도 남지 않은 배신자들에게 수십 개의 검이 동시에 박혔다.

피라니아에 뜯긴 사슴처럼 그들의 몸에는 수십 개의 상처가 생겨났고, 극심한 고통을 느끼고 있을 때에야 안식이 찾아왔다.

"가장 높은 나무에 달아두어라. 죽어서도 반성을 하지 않을 놈들이다. 그들에게 편안한 안식은 사치다."

돌산이라 높은 나무는 한 그루밖에 없었고, 그 나무 위에 수십 개의 머리가 열매처럼 매달렸다.

"남아 있는 인질들은 어떻게 할까요?"

한곳에 모아둔 인질의 수가 적지 않았다. 그들은 자신들의 마지막 희망이 나무에 매달린 장면을 보는 순간 삶의 희망을 버렸다.

고통 없이 죽고 싶다는 생각뿐이었다.

"그들까지 죽일 필요는 없겠지."

"하지만 그들은 정파인입니다. 우리의 울분을 풀기 위해서라도 한 명도 살려둘 수 없는 것 아닙니까."

한 번도 추수의 말에 토를 달아본 적 없는 마교인들이 소리쳤다.

제발 정파인들의 씨를 말리게 해달라고 추수에게 빌고 있다.

"그만해라. 이 정도면 되었다. 살아 있는 자들이 있어야 더욱 고통을 느끼며 살아가지 않겠느냐. 도망 다니며 숨어 지내던 우리의 시간을 돌려받을 수는 없다. 그렇다면 저들도 똑같이 만들어주어야 하지 않겠느냐."

추수는 정파인들에게 동정심이 생겨 그들을 살려준 것이 아니었다.

더 극심한 고통을 느끼게 하기 위한 선택이었다.

"알겠습니다. 그들의 손 하나씩만 자르고 풀어주겠습니다."

추수의 고개가 움직였다.

긍정의 표시이다.

척살부대원들은 인질들이 있는 곳으로 걸어갔다.

"성인이 되지 않은 아이들은 그냥 두어라."

남녀노소 가리지 않고 팔을 자르려는 부대원들을 말렸다.

마음이 약해진 건가? 만약 자신이 아직도 마교에 몸담고 있었다면 이런 명령을 내리지는 않았을 것이다. 하지만 지금은 마교인이 아니었다.

특히 추용택이 얼마나 아이들을 좋아하는지 알고 있기에 차마 어린아이들에게까지 해코지할 수는 없었다.

"으아아악!"

비명이 난무하는 정파인들의 보금자리는 피로 얼룩졌고, 냄새를 맡고 다가오는 몬스터들의 기운도 심심찮게 느껴졌다.

"슈트를 회수하고 돌아간다."

엉망진창으로 부서진 슈트였지만, 쇠가 얼마나 귀한지 잘 알고 있기에 이대로 버리고 갈 수는 없었다. 슈트의 잔해를 빠짐없이 챙긴 부대원들은 한국으로 이동하기 위해 마정석 엔진을 가동했다.

추수는 뒤를 돌아보았다.

비명과 울음이 가득한 저곳을 보고 있자니 옛 생각이 났다.

자신도 저런 적이 있었다. 법이 제대로 작동하던 때에도 정부와 유착을 한 정파인들은 아무런 제재도 받지 않고 마교인들을 학살했다.

몬스터 범람이 터지고 나서야 그들의 손속이 얌전해졌지, 몬스터 범람이 일어나지 않았다면 여전히 그들의 손을 피해 도망 다니고 있었을지도 몰랐다.

"이제 그만 돌아가자. 우리를 기다리는 사람들에게로."

복수는 끝이 났다. 배신자들의 척살도 끝났다.

대다수의 부대원은 후련한 표정을 하고 있었지만 추수는 그러지 못했다.

피 웅덩이 한가운데에 쓰러져 있는 시체를 부둥켜안고 울고 있는 아이의 모습에서 자신의 어린 시절이 보였기 때문이다.

*   *   *

생명의 구슬이 적당히 먹기 좋은 색을 띠고 있다.

회를 좋아하긴 하지만 요동치는 생선을 요리하는 것은 좋아하지 않았다.

이제는 좀 얌전해졌겠지.

정령과 하나가 된 엘프의 능력은 내가 싸워본 상대 중에 손꼽는 힘을 가지고 있었다.

단지 머리가 좋지 않았을 뿐, 만약 지능까지 뛰어났다면 이렇게 쉽게 사로잡을 수 없었을 것이다.

생명의 기운을 회수하자 빛과 함께 엘프가 구슬에서 튀어
나왔다.

불타는 말의 형상을 하고 있던 엘프는 정령력이 다한 건지,
아니면 정령 합체술을 유지할 체력이 떨어진 건지 원래의 모
습을 하고 있었다.

힘들 만도 하지.

생명의 구슬 안이 얼마나 힘든지 잘 알고말고.

지쳐 보이는 엘프의 모습에서 안쓰러움을 느꼈지만 할 건
해야 했다.

그의 사지를 바람과 땅의 기운으로 묶고 다가갔다.

엘프는 얕은 신음 소리를 내며 반항하려 했지만, 생명력이
빠져나간 지금 속박을 푸는 것은 불가능했다.

엘프의 피는 무슨 맛일까?

심장이 두근거렸다.

펄떡거리는 혈관에서 눈을 떼지 못했다.

그의 팔뚝을 집어 들었다. 생체기 하나 없는 고운 엘프의
팔뚝이 손안에 들어왔다.

단숨에 그의 팔뚝을 물었다.

이빨 사이로 새어 들어오는 피를 정신없이 탐닉했다.

얼마나 시간이 지났을까?

엘프의 피가 주는 쾌락에 몸을 맡겨 주변을 신경 쓰지 못
했다.

"야, 이제 그만해라. 그 정도면 충분한 거 아냐?"

슈트 한 대가 가슴을 열어둔 상태로 내 앞에 서 있다.

사장이 엘프의 피를 흡수하는 나의 모습을 슈트로 가려주고 있었다.

사장은 내가 피를 흡수하는 장면을 여러 번 봤기에 익숙했지만 다른 부대원들은 그렇지 않았을 것이고, 그들에게 끔찍한 장면을 보여주지 않기 위해 사장이 배려한 것이다.

한 도시의 주인이 남사스러운 모습을 보일 수는 없지.

"고마워요, 사장님."

"알면 다행이고. 어떻게 하는 짓이 옛날이나 지금이나 하나도 변하지가 않냐."

"사람이 갑자기 변하면 죽을 때가 다 된 거라고 하더라고요. 저는 아직 죽으려면 멀었으니 그런 거겠죠."

"헛소리 그만하고, 어서 여기나 나가자. 밀림은 도저히 적응이 안 돼서 말이야."

엘프의 피를 흡수한 순간 아마존에 있을 이유는 없었다.

목적을 완수했으니 이제 다시 한국으로 돌아가야 했다.

척살대원들은 목적을 달성했을까?

드래고니안의 수련을 견딘 그들이라면 큰 피해 없이 배신자들을 척살했겠지.

걱정되는 것은 그들이 아니라 배신자들이었다.

손속이 매서운 마교인들이기에 온전한 시체를 찾아보기

힘들 것이다.

우리는 빠르게 배가 있는 곳으로 이동해 다시 지겨운 배 여행을 시작했다.

그래도 예전과는 다르게 족구를 할 수 있었기에 그렇게 지겹지만은 않았다.

몬스터를 사냥하는 것보다 전투 족구를 더 좋아하는 부대원들이었다.

물론 나도 족구를 즐겨 했지만.

한국에 도착하자 추수를 비롯한 부대원들이 우리를 반겼다.

아무도 다친 사람이 없어 보였다.

"고생하셨습니다. 안으로 들어가서 결과 보고드리겠습니다."

추수의 말에 나 대신 반응한 사장이 한마디 던졌다.

"딱 보니 잘하고 왔겠네. 사람 죽이는 일은 너희가 프로니까."

사장의 말에 딱히 반응을 보이지 않은 추수였지만, 우리는 정겹게 도시 안으로 들어갔다.

항상 원정을 마치고 도시 안으로 들어올 때마다 느끼는 거지만 고향은 좋았다.

이래서 향수병이 생기고 전쟁이 나도 고향을 버리지 못하는 사람들이 생기는 것이겠지.

결과 보고를 하기 위해 우리는 지휘관 막사로 들어왔다.

"그래, 그들은 잘 마무리하고 왔나요?"

"배신자 중에 생존자는 한 명도 없습니다. 전투 중에 부서지긴 했지만 슈트를 모두 회수해서 돌아왔습니다."

척살을 나가기 전의 열의는 어디 갔는지 별로 좋아 보이지 않는 얼굴을 하고 있는 추수였다. 사람을 죽이는 것은 마교인이라고 해도 편치는 않겠지.

"조나단이 화를 냈겠네요. 기껏 만들어놓은 슈트가 고철 덩어리가 돼서 돌아왔으니."

"아니. 고철 덩어리라도 가지고 온 것을 다행이라고 생각했겠지. 그들에게 슈트를 내준 것이 조나단과 신 교수이니 고철로 돌아온 슈트라도 반가웠을 거야."

일부러 배신자들에 대한 말을 피하고 슈트에 관한 얘기만을 하며 회의 시간을 보냈다.

굳이 말로 하지 않아도 배신자들의 결말이 어떻게 났는지 추수의 표정만 봐도 알 수 있었다.

"이번 원정을 나가기 전에 네가 이번 원정이 마지막이 될 가능성이 크다고 했잖아. 다음 행보는 어떻게 되는 거야? 그냥 도시에 있을 거야, 아니면 또 다른 제자를 찾으러 다닐 거야?"

"이제 충분한 힘을 흡수했으니 더는 제자를 찾으러 다니지 않아도 될 것 같습니다. 이제는 검은 로브와 합칠 때가 온 거죠."

가슴이 두근거렸다. 힘을 흡수할 때가 아니면 두근거리지 않던 심장이다.

이 지옥 같은 몬스터 시대의 막이 내린다는 생각만으로도 손발이 떨려왔다.

제6장
봉인 해제

검은 로브를 만나러 떠나기 전에 도시를 정비할 필요가 있었다.

지금은 어떤 일이 어떻게 생길지 모르는 시대였다.

우리는 남은 100명의 중국 각성자에게 모두 슈트를 제공했고, 도시의 방벽을 좀 더 튼튼하게 보수했다.

어린 뱀파이어들이 마실 자연계 몬스터의 피도 수십 통이나 창고에 쌓아놓았다.

이제 모든 준비가 끝난 건가?

내가 할 수 있는 것은 모두 끝이 난 것 같았다.

"이제 가시는 건가요?"

내 표정을 읽은 건지 이자벨이 내 등을 쓰다듬으며 걱정스러운 표정으로 말했다.

"그래, 이제 끝내야 하지 않겠어? 언제까지 몬스터 범람을 걱정하며 살 수는 없잖아?"

이자벨도 몬스터라면 몬스터라고 할 수 있다.

뱀파이어가 인간보다 몬스터의 계보와 더 가까우니.

하지만 이자벨과 어린 뱀파이어들은 자신들이 몬스터라고 자각하지 못하고 있었다.

도시에 오랫동안 살아왔기 때문에 도시의 구성원 중 하나라고 생각할 뿐이었다.

그런 그들에게 마을 사람들은 허물없이 다가갔다.

이자벨의 경우에는 도시가 살아남을 수 있게 해준 영웅과 다름없었고, 어린 뱀파이어들은 이자벨의 친척 동생쯤으로 생각하는 사람들이었다.

이미 수많은 일을 겪은 사람들이고, 뱀파이어가 마을에서 같이 산다는 것에 아무런 거부감도 느끼지 않는 듯 보였다.

"오늘 밤이 지나면 그를 찾아 떠날 생각이야. 미안해."

"뭐가 미안한가요?"

나는 이자벨에게 미안했다. 검은 로브와 손을 잡았다는 뜻은 뱀파이어 혈족의 복수를 하지 못한다는 말이다. 뱀파이어 혈족의 힘을 뺏은 검은 로브였지만 지금은 그와 척을 질 수 없었다. 몬스터 범람을 막는다는 대승적인 목적이 있었고, 그런 나의 행동을 이자벨은 이해해 주었다.

"미안해하지 마세요. 남은 뱀파이어들을 위해서도 그러시면 안 돼요."

그녀는 나에게 머리를 기대어왔고, 그런 그녀를 꼭 안아주었다.

탄탄한 몸을 가지고 있는 그녀가 오늘따라 연약하게 느껴졌다.

오늘 그녀를 안으면 언제 다시 그녀를 안게 될지 몰랐다.

이미 침대에서 우리를 기다리고 있는 카린과 함께 보름달이 질 때까지 아쉬움을 달랬다.

날이 밝아왔다.

해가 뜨고 나서야 겨우 잠이 든 카린의 이마에 키스를 해주고는 자리에서 일어났다.

밤사이 무리를 하긴 했지.

내가 나가는 순간까지 눈을 뜨지 못하는 그녀를 두고 이자벨과 함께 마을로 나왔다.

집 앞에서 내가 나오기만을 기다리고 있던 사장과 추수가 어두운 표정을 하고 있다.

걱정이 되겠지.

그들이 나를 얼마나 걱정하고 있는지 잘 알고 있다.

"걱정하지 마세요. 제가 무슨 죽으러 가는 것도 아니고…

이미 협상을 끝난 상태에서 잠시 다녀오는 겁니다. 금방 돌아올게요. 빠르면 내일 돌아올지도 몰라요."

서두르면 하루 만에 끝날 수도 있다고 생각했지만 그것은 꿈같은 얘기였다.

남은 제자들을 데리고 몬스터 월드로 들어가는 것만 해도 한 달이 넘게 걸릴 수 있다.

그리고 그들의 스승을 부활시키는 데 시간이 얼마나 걸릴지도 모른다.

"누가 걱정했다고 그래. 네가 너를 모르냐. 너는 지옥 불구덩이에 던져 놓아도 살아서 돌아올 놈이잖아."

사장의 눈이 반짝였다. 눈에 고여 있는 물에 햇빛이 반사된 것이다.

울고 있나?

나를 더는 보지 못한다고 생각하는 건가?

사장의 걱정이 우려로 끝나기를 나도 원했다.

"몸 건강히 돌아오시기를 기다리고 있겠습니다."

"그래, 다녀올게. 추수 너도 8기 수련생들 관리 잘하고, 또 수련생들이 도망가면 알아서 해."

"걱정하지 마십시오. 24시간 감시하겠습니다."

"딱히 그럴 필요는 없는데."

"아닙니다. 이미 한 번의 배신을 당한 상태라, 두 번은 절대 없습니다."

"그래, 알아서 잘하겠지."

모든 인사가 끝이 났다. 인사가 길어봤자 아쉬움만 길게 남을 뿐이다.

"이제 갈게요. 다들 저 없는 동안 건강하세요. 무슨 일이 생기면 도망부터 가시고요."

"맨날 우리보고 도망가라고 하냐. 우리도 이제는 몬스터 정도는 거뜬히 상대할 수 있다고."

"저도 알고 있죠. 몬스터보다 강한 존재가 온다면 도망가라는 뜻이었어요."

나와 사장은 서로를 바라보며 얼굴 주름을 최대한 많이 만들며 웃었다.

"갈게요."

목걸이를 매만졌다.

검은 로브와 어디서 만나자고 약속을 하진 않았지만, 어디를 가면 그를 만날 수 있을지는 알고 있다.

엘프와 오크가 있는 몬스터 도시.

그곳이 목적지였다. 두 명의 제자가 살아 있는 그곳에 검은 로브는 와야만 한다.

동물들이 마음껏 뛰어놀고 있는 동물원은 언제 보아도 평화로워 보였다.

동물들 사이에서 인자한 미소를 지으며 먹이를 주고 있는 엘프가 보인다.

그는 다른 제자들과 달리 몬스터를 다스리지 않았고 인간에게 딱히 피해를 가하지도 않았다. 그는 단지 동물들과 함께 살아갈 장소를 원할 뿐이었다.

이럴 거면 그냥 몬스터 월드에서 동물들하고 지내도 되지 않나?

나는 완전히 사육사의 모습을 하고 있는 엘프에게 걸어갔다.

"잘 지냈죠? 별일은 없었고요?"

"별일 많았지. 우리 해피가 셋째를 출산했고, 그제는 우리 마그마가 감기에 걸렸다고."

참 별일이다. 그의 머릿속에는 동물들 말고는 다른 무엇도 들어 있지 않아 보였다.

"그건 그렇다고 치고, 검은 로브가 찾아오거나 하지는 않았나요?"

"아니, 그렇다고 칠 수 있는 일이 있고, 아닌 일이 있다네. 어떻게 그렇게 말하는 건가."

"아이고, 해피가 셋째를 출산했다니 마음고생이 심하셨겠네요. 그리고 마그마가 감기에 걸렸다니 약은 잘 지어 먹이셨죠? 수고하셨습니다. 됐죠?"

"흠흠, 검은 로브는 아직 우리를 찾아오지 않았다. 오크 누님과 함께 있으니 감히 우리를 찾아오지 못한 거겠지."

너무도 속 편히 생각하며 지내는 엘프였다.

검은 로브가 얼마나 많은 제자의 힘을 흡수했는지 알면서 저런 말은 하는 건지.

지금 나만 하더라도 엘프와 오크를 어렵지 않게 상대할 자신이 있다.

내가 무슨 말을 해도 걱정할 엘프가 아니다.

동물에 미쳐 살고 있는 엘프에게 괜히 경각심을 줄 말을 해봐야 아무 소용 없기에 가볍게 고개를 흔들고 대화를 이어갔다.

"오크는 잘 지내고 있죠?"

"당연히 잘 지내고 있지. 너는 신부를 두고 어디를 그렇게 싸돌아다니는 거냐? 누님이 너를 생각하며 몇 날 며칠을 독수공방했는지 알고 있느냐? 뭐 요즘은 그렇지 않아 보이기는 하다마는."

듣던 중 반가운 소리였다.

"오크에게 새로운 배우자가 생겼나 보죠?"

"그건 누님에게 듣도록 해라. 괜히 내가 부부 사이를 깰 만한 말을 하고 싶지는 않다."

이렇게 여유롭게 지내는 그들에게 검은 로브가 찾아오지 않았다는 게 의문스러울 정도이다.

조만간 도착하겠지. 나보다 빠른 속도로 제자들의 힘을 흡수하고 다니는 그다.

동물원을 나와 오크의 도시로 이동했다.

밤낮을 가리지 않고 번식 활동을 하는 오크의 도시에 가고 싶은 마음은 없었지만… 그래도 인사는 해야겠지.

히이이이잉!

누가 말을 채찍질하는 건가?

우렁찬 말의 신음 소리가 도시를 울리고 있다.

도시 안에 들어섰지만 이미 낯이 익은 몬스터들은 나를 공격하지 않았고, 반갑게 웃어 보이는 몬스터도 있었다.

혹시 아직도 나를 자신들 주인의 신랑으로 보는 건 아니겠지?

존경의 눈초리를 보내는 몬스터들을 보고 있자니 좋지 않은 생각이 마구 떠올랐다.

오크의 막사에 도착하자 우렁찬 말의 신음 소리가 어디서 났는지 알 수 있었다.

막사 안에서 거친 숨소리와 말의 신음 소리가 계속해서 나고 있었고, 한참이나 막사 앞에서 그들의 행위가 끝나기를 기다렸다.

"저 왔습니다. 이제 그만하고 나오시죠."

막사의 문이 열렸다. 안에는 대자로 쓰러져 있는 말이 거친 숨을 내쉬고 있다.

불쌍한 놈.

짧은 묵념으로 말을 애도했다. 아직 죽지는 않았지만 이런 생활을 며칠만 계속하면 정력이 고갈되어 죽을 것처럼 보였다.

천 두 조각으로 몸을 간단히 가린 오크가 나를 반겼다.

"너무 늦게 온 거 아니야? 나는 새로운 신랑을 만났다고. 너무 질투하지는 마. 여자의 마음은 갈대니까."

나도 모르게 '감사합니다' 라는 말이 입 밖으로 튀어나올 뻔했다.

"검은 로브가 찾아온 적은 없었죠?"

오크가 다른 말을 하기 전에 나는 바로 본론을 꺼냈다.

"아직 찾아오지는 않았어. 내심 검은 로브와 한바탕하고 싶었는데 쫄았나 봐."

터질 듯한 근육으로 몸을 감싸고 있는 오크는 강한 존재였지만 검은 로브를 이길 수는 없다.

드래고니안만 하더라도 오크보다 강한 힘을 가지고 있었지만 나에게 힘을 흡수당하지 않았는가.

오크에게 인사도 했겠다, 이제는 검은 로브를 기다리기만 하면 되었다.

오크의 도시보다는 엘프의 동물원이 내가 지내기엔 더 쾌적했고, 그렇게 며칠을 무료하게 시간을 보냈다.

그리고 오늘 드디어 검은 로브의 기운이 멀리서부터 느껴지기 시작했다.

죽음의 기운이 더 강해져서일까?

엘프와 오크는 그의 기운을 느끼지 못하고 있었지만, 나는 그의 기운을 똑똑히 느낄 수 있었다. 검은 섬광이 육안으로 보일 정도가 되어서야 엘프와 오크가 검은 로브의 존재를 알아차리고 급히 그가 다가오는 방향으로 뛰쳐나갔다.

나도 그들의 뒤를 쫓아 검은 로브를 맞이하기 위해 날아갔다.

"우리의 힘을 흡수하기 위해 온 거냐? 오늘 네놈의 모가지를 잡아 비틀어주마!"

검은 로브가 아직 땅에 내려서지도 않았지만 오크가 먼저 흥분해 소리를 질러대었다.

엘프는 오크의 옆에서 얌전히 검은 로브를 기다리고 있었다.

검은 섬광이 사라지고 그곳에서 검은 로브를 하고 있는 죽음의 수호자가 모습을 드러내었다.

"역시 여기에 있었군. 너라면 여기에서 나를 기다리고 있을 줄 알았다."

"누가 너를 기다리고 있었단 말이야? 죽을 곳을 찾아왔다면 잘 찾아왔다. 네놈의 모가지를 비틀기 위해 하루도 빠짐없이 수련을 해온 나라고."

나는 검은 로브의 말을 받아치는 오크의 앞으로 걸어갔다.

내가 검은 로브와 협상했다는 것을 알지 못하고 있는 엘프와 오크이다.

놀라겠지. 아마 배신감도 느끼겠지.

그들이 어떤 감정을 가질지 알고 있다. 하지만 이미 엎질러진 물이었다.

그들의 감정까지 생각하고 싶지는 않았다. 마음은 편하지 않았지만 멈출 수 없는 일이었다.

"생각보다 늦으셨습니다. 먼 길을 돌아왔나 보죠."

짧은 대화였지만 엘프는 나와 검은 로브의 대략적인 관계를 이해했는지 눈을 크게 뜨고 나와 검은 로브를 번갈아가며 쳐다봤고, 오크는 내가 무슨 말을 하는지 이해가 되지 않는지 심드렁한 표정으로 나를 뚫어져라 쳐다봤다.

나는 그들의 옆을 지나쳐 검은 로브의 옆으로 걸어갔다.

뒤통수가 따가웠다.

내 행동이 이해가 가지 않겠지.

미안했다. 하지만 우리의 의견을 그들이 따라주기를 바랐다.

내 손으로 그들의 피를 묻히기는 싫었다.

"너 왜 거기로 가는 거야? 지금 우리를 배신이라도 하겠다는 거야?"

검은 로브의 옆에 서서 그들을 바라봤다.

오크의 질문에 쉽사리 입이 열리지 않았고, 나를 대신해 검은 로브가 오크의 말을 받아주었다.

"우리는 같이 스승님의 봉인을 풀기로 약속했다. 그러기

위해서는 너희의 힘도 필요하다. 우리와 같은 길을 가겠는
가?"

"너 입이 짧아졌다? 어디서 그런 말투는 배웠는지 몰라도
내가 그렇게 호락호락한 오크가 아니라고!"

사태 파악을 하지 못하고 있는 오크를 엘프가 급히 진정시
켰다.

"조용히 좀 하세요. 지금 이런다고 해서 상황이 달라지지
않으니까요. 지금은 냉정하게 상황을 파악하는 것이 먼저예
요."

오크와 엘프에게 지금의 상황을 내가 설명하는 것이 좋겠
지.

나에게 실망해도 좋았다. 그들의 이상을 실현하는 것보다
몬스터 범람을 막는 것이 우선이었다.

"저는 이자를 도와 스승의 부활을 도울 생각입니다. 부디
두 분도 저희와 함께하시기를 바랍니다. 불가피한 전투를 벌
이고 싶지 않습니다. 도와주세요."

불가 한 시간 전만 해도 정답게 얘기를 나눈 우리였다.

나도 내 입에서 이렇게 무미건조한 말이 나올 거라고 생각
지 못했다.

"너 정말 그럴 거야? 어떻게 네가 우리를 배신할 수 있는
거지?"

"배신이라고 생각하지는 않습니다. 사람이 사는 곳에는 사

람이, 몬스터가 사는 곳에는 몬스터가 살아야 되지 않겠습니까. 이 땅의 평화를 위해서는 그래야만 합니다."

아무런 말도 하지 않고 멍하니 나를 쳐다보고 있는 두 쌍의 눈을 피하지 않고 마주 봤다.

내가 얼마나 굳게 결심했는지 그들에게 알려주고 싶었다.

꿈틀.

오크의 근육이 터질 듯이 움직이기 시작했다.

결국 전투를 해야 되는 건가?

옷이 터질 듯이 근육을 키워나가는 오크의 공격에 대비해 기운을 끌어 올렸다.

"누님, 어쩔 수 없는 상황인 것 같습니다. 저들의 의견에 따라야 하지 않겠습니까."

"아니. 너까지 그렇게 마음 약한 소리를 하면 어떻게 해? 너를 따르는 동물들은 어쩌고?"

"이곳에서 동물들을 키우는 것은 저의 욕심이었습니다. 누님도 굳이 이 땅이 아니라고 해도 몬스터들과 잘 지낼 수 있지 않습니까? 선택의 여지는 없습니다. 저들을 따르지요."

순식간에 오크의 근육에 힘이 빠졌다. 엘프의 말에 공격 의사를 잃은 오크였다.

*　　*　　*

몬스터 월드로 넘어온 지 일주일이 넘어갔다.

스승을 봉인한 장소로 이동하기 위해 우리는 잠시도 쉬지 않고 빠르게 이동했지만, 도착하려면 아직 많은 거리를 이동해야 한다고 했다.

"어떻게 그럴 수 있어? 그래도 한때는 서로 좋아하는 관계였는데."

일주일 동안 이동하면서 가장 힘든 점은 빠르게 이동한다고 식사와 수면을 제대로 취하지 못하는 것이 아니라 오크의 주둥아리에서 나오는 말이었다.

우리가 언제 서로 좋아한 적이 있다고 저러는지.

오크는 하루도 지나지 않아 분노했다는 사실도 잊고 나에게 말을 붙여왔다.

솔직히 내가 배신하지 않았다고 말하기는 했지만 엄연히 말하면 배신이었다.

배신자에게 이렇게 속 좋게 말을 걸 수 있다니.

오크의 정신세계가 궁금할 뿐이다.

"말해봐. 어떻게 나한테 이럴 수 있어?"

"……."

여기서 괜히 대꾸했다가는 피곤한 상황이 발생한다. 침묵만이 살길이었다.

"이제는 나와 말도 하기 싫다는 거야? 어떻게 사람이 그렇게 변하니? 우리가 서로 부둥켜안고 있던 시간은 하나도 기억나지 않는 거야?"

"아니, 우리가 언제 부둥켜안았다고 그러세요?"

도저히 참을 수 없는 오크의 말에 침묵이 깨졌다.

아, 실수했다. 이제 오크의 입 근육이 얼마나 발달되어 있는지 확인할 일만 남았네.

"지금 발뺌하는 거야? 우리 단둘이 여행하며 보낸 시간을 다 잊은 거야? 난 생생히 기억난다고. 설렌 듯 보이던 너의 표정과 행동, 손짓 하나하나까지 말이야. 어쩌다가 이렇게 변하게 된 거야? 딴 여자라도 생긴 거야? 어떤 여자야? 나보다 예뻐? 아니면 나보다 몸매가 좋아? 어떤 점이 나보다 좋은 건데? 나도 물론 다른 남자를 만나긴 했지만 그렇다고 해서 네가 아무 여자나 만나는 것에 동의하지는 않았어."

하루 종일 종알대는 오크의 입이 닫힌 것은 먹을 것이 입에 들어갈 때뿐이었다.

오크와는 달리 종일 어두운 표정을 하며 길을 걷는 엘프는 금방이라도 눈물을 쏟아낼 것만 같았다.

자신들이 봉인한 스승을 본다는 생각에 저러는 거겠지.

그래도 스승인데 죽이기야 하겠어? 말을 들어보니 성격 좋은 스승이라고 하던데.

얼마나 성격이 좋으면 몬스터끼리 싸우는 것이 싫어 강제로 평화의 시대를 만들었겠어.

오크의 헛소리를 들으며 일주일을 더 이동했다.

나를 제외한 모두가 발을 멈추었다.

그들을 따라 나도 발을 멈추고 주위를 둘러보았다. 어딘가 익숙한 장소였다.

"여기가 당신들의 스승이 잠들어 있는 곳인가요?"

"그렇다. 저기 보이는 동굴 안에 스승님이 봉인되어 있다."

검은 로브의 목소리에는 벅찬 감정이 묻어 있었다. 그를 보는 오크와 엘프의 표정은 별로 좋아 보이지는 않았지만 여기까지 와서 돌아갈 수는 없었고, 그런 일이 생긴다면 그들의 목숨을 보장할 수 없었다.

"뭐해? 빨리 들어가자. 이왕 이렇게 된 거, 다시 스승님하고 잘 지내봐야지. 나도 하얀 로브의 꼬임에만 넘어가지 않으면 스승님을 봉인할 마음을 먹지 않았을 거야."

하얀 로브라면 생명의 수호자를 말하는 거겠지.

그의 힘은 지금 내 몸속에서 살아 숨 쉬고 있다. 그가 스승의 봉인 얘기를 처음 꺼낸 존재였다는 사실을 알게 되었다.

어두운 동굴 안으로 걸어갔다. 2주가 넘는 시간 동안 빨리 움직이던 그들이었지만 지금은 느릿느릿 움직이고 있었다.

"빨리 좀 가지. 바쁜 사람 불러놓고 너무 여유 부리는 거 아냐?"

동굴 안이라서 목소리는 메아리를 만들었고, 당연히 내 말을 모두 들었을 것이다.

하지만 아무런 대꾸가 나오지 않았다.

그들은 조용히 동굴 안을 걸어갈 뿐이었다. 자신들의 스승이 있는 이 동굴에서는 아무런 말도 하지 않아야 된다고 약속이라도 한 것처럼 말이다.

"도착했다."

그들의 발이 하얀 구슬 앞에서 멈추었다.

"스승님, 제가 돌아왔습니다. 너무 늦었습니다."

검은 로브는 하얀 구슬을 끌어안고 울었다. 어찌나 서글프게 우는지 나도 덩달아 눈물이 날 것만 같았다.

저렇게 슬퍼할 거, 처음부터 봉인을 하지 않았으면 될 걸 후회할 짓을 왜 하는지 모르겠어.

구슬을 끌어안고 눈물을 흘리던 검은 로브가 조심스럽게 구슬을 내려놓았다.

"이제 봉인을 풀 때가 왔다. 모두의 기운을 구슬에 집어넣기만 하면 스승님의 봉인이 풀리게 된다. 나부터 먼저 하겠다."

검은 로브가 기운을 구슬에 집어넣기 시작했다.

자신이 가지고 있는 죽음의 기운부터 최근에 흡수한 다른 제자들의 능력까지 모조리 구슬 안으로 집어넣고는 쓰러졌다.

안 그래도 칙칙한 옷을 입고 있어서 아파 보이는 그였는데 지금은 말기 암 환자처럼 보였다.

"이제 내가 할게. 나도 스승님이 보고 싶다고."

검은 로브에게서 구슬을 건네받은 오크가 자신의 기운을 구슬에 집어넣었다.

오크의 근육이 점점 쪼그라들었다. 순식간에 다이어트를 한 것처럼 오크의 몸이 왜소해지기 시작했다.

대충 봐도 100kg 정도는 감량한 듯했다.

다른 여자들이 저 모습을 보면 부러워하겠네.

급속 다이어트를 마친 오크도 검은 로브처럼 죽을상을 하고 바닥에 쓰러졌다.

"이제 네 차례다."

오크가 나에게 구슬을 건넸다.

구슬을 건네받자 괜히 가슴이 두근거렸다. 놀이공원에서 바이킹을 타기 직전의 기분이다.

긴 줄을 설 때는 몰라도 막상 타려면 긴장되게 마련이다.

"그래, 어서 끝내야지. 미룬다고 될 게 아니잖아?"

손가락 하나 움직일 힘도 남아 있지 않아 보이는 검은 로브였지만 두 눈만은 또렷했고, 그 두 눈이 나를 향해 있다.

그래, 하자.

저놈 눈깔을 봐서라도 해야지.

제자들의 기운만 집어넣으면 되겠지.

일단 가장 많은 부분을 차지하고 있는 생명의 기운부터 집어넣자.

나는 몸속에 생기를 불어넣어 주고 있는 생명의 기운을 손바닥으로 집중시키고 그 집중된 기운을 구슬 안으로 집어넣었다.

마치 원래의 자리를 찾은 것처럼 생명의 기운은 구슬 안으로 빠르게 사라졌다.

생명의 기운이 사라지자 며칠은 굶은 것처럼 허기가 졌다.

내가 너무 쉽게 생각한 건가? 이러다가 죽지는 않겠지?

괜히 생각하면 할수록 안 좋은 생각만 날 것 같아 곧장 다른 능력을 구슬에 집어넣었다. 유용하게 사용하던 모래 방어막을 만들던 기운을 말이다.

아까웠다. 다시는 모래 방어막을 사용하지 못한다는 생각이 들자 구슬에서 손을 떼고 싶은 생각까지 들었다.

하지만 그 생각을 마치기도 전에 구슬은 기운을 재빨리 빨아들였다.

그래, 이왕 이렇게 된 거, 나머지 기운도 한 번에 집어넣어 버리자.

드래고니안의 기운과 정령의 기운까지 모조리 구슬 안으로 집어넣었다.

아직 오행의 기운이 남아 있었기 때문에 검은 로브나 오크처럼 쓰러지지는 않았지만 갑작스레 많은 기운이 빠져나갔기에 정상적인 컨디션은 아니었다.

총알택시를 타고 내린 뒤의 상태처럼 심한 멀미가 찾아왔다.

"이제 당신 차례네요."

엘프의 기운까지 구슬 안으로 들어간다면 고대하던 저들 스승의 모습을 볼 수 있게 된다.

내심 기대가 되었다. 얼마나 대단한 힘을 가지고 있어야 저렇게 특출한 능력을 가진 제자를 열한 명이나 키울 수 있단 말인가.

열한 명의 제자 모두를 본 것은 아니지만 지금까지 만난 제자들은 태어나서 본 적 없는 강자들이었다.

엘프는 손에 들린 구슬을 한참이나 바라보고 있었다.

아무런 말도 하지 않고 있는 검은 로브와 오크였다. 그들은 말할 힘도 없어 단지 눈으로만 엘프를 지켜보고 있었다. 그들을 대신해 내가 엘프를 재촉했다.

"빨리 하세요. 이제 와서 겁을 먹은 건 아니겠죠? 당신의 기운만 집어넣으면 봉인 작업은 끝나는 거예요."

재촉을 해도 여전히 그는 구슬을 들고는 멍하니 서 있었다.

무슨 생각을 하고 있는 걸까?

혹시 구슬을 들고 도망가려는 생각은 아니겠지.

괜히 불안했다. 내가 흡수한 아까운 능력을 모조리 구슬 안에 집어넣은 상태다.

만약 엘프가 구슬을 들고 도망가 버린다면 심각한 상황이 생길지도 몰랐다.

다행스럽게도 엘프가 조심스럽게 기운을 끌어 올리고 있

었다.

아직 망설이는 표정은 여전했지만 그가 기운을 끌어 올리기만 한다면 구슬은 순식간에 그의 기운을 흡수할 것이다.

엘프의 기운이 구슬을 들고 있는 손으로 움직이기 시작했다.

초록의 기운이 구슬 안으로 빨려들어 갔다.

이제는 모든 제자의 기운이 구슬 안으로 들어간 것이다.

엘프는 구슬을 품 안에 꼭 안고 바닥에 쓰러졌다.

그래도 스승이 봉인된 구슬이 다치는 것은 원치 않는가 보다.

구슬이 빛을 내기 시작했다.

처음에는 하얀빛만을 내던 구슬이 여러 가지 색을 번갈아 가며 내다가 이제는 검은빛만을 내고 있다. 구슬이 내는 빛 하나하나에 엄청난 기운이 느껴졌다.

저 기운 하나만 가지고 있더라도 이 세계에서 떵떵거리며 살 수 있을 것이다.

물론 평생 도망자 신세가 돼야 하겠지만.

빛을 견디지 못하는지 구슬이 심하게 요동을 쳤다. 진동이 얼마나 심한지 내 발밑으로도 구슬의 진동이 느껴질 정도였다.

기찻길 옆에 서 있는 것처럼 다리가 떨려왔다.

구슬의 진동이 점점 세지고 있는 것이다.

한참이나 몸을 떨던 구슬에 조금씩 금이 가기 시작했다.

병아리가 부화하는 장면과 다르지 않게 구슬의 금이 벌어졌다.

펑, 펑, 펑!

연달아 폭발음이 나며 엄청난 빛이 구슬에서 쏟아져 나왔다.

이대로 빛을 보고 있다가는 눈이 멀지도 몰랐다.

구슬의 반대편으로 돌아서는 것만으로는 빛을 완전히 피할 수 없어 두 손으로 눈을 막았다. 여러 번의 폭발음이 계속해서 났기에 나는 바람의 기운을 이용해 귀까지 막아야 했다.

다리에서 느껴지던 진동이 멈췄다.

이제 끝난 건가?

귀를 막고 있던 바람의 기운을 돌려보냈다.

폭발음은 들려오지 않았다.

두 눈을 막고 있던 손을 내렸다. 눈을 아프게 하던 빛도 더는 느껴지지 않았다.

뒤돌아서면 그가 있겠지? 그들이 스승이라고 부르는 존재가?

조심스레 몸을 돌렸다.

아직 고개를 숙이고 있었기에 그의 모습은 보이지 않았다.

대신 슬피 울고 있는 제자들의 모습을 확인할 수 있었다.

얼마나 서글프게 울고 있는지 검은 로브의 얼굴은 눈물범

벅이었다.

오크도 그와 별반 다르지 않았는데 마치 아이처럼 몸까지 떨며 울고 있었다.

고개를 들었다.

너무도 낡은 로브가 가장 먼저 눈에 들어왔다.

배꼽까지 늘어진 하얀 수염.

백발노인의 모습이 보였다.

슬퍼하는 건가?

노인의 눈에 담긴 감정을 읽기 어려웠다. 아무런 생각을 하지 않고 있는 것처럼 그의 눈은 공허했다.

그는 무엇을 보고 있는 걸까.

제자들을 보고 있는 것 같지는 않았다. 그렇다고 해서 주변을 둘러보는 것도 아니었다.

지이익!

날카로운 무언가가 살을 찢을 때 내는 소리가 들려왔다.

그가 그의 가슴에 꽂힌 검을 손수 빼내었다.

꿈속에서 본 기억이 났다.

제자들이 그의 기운을 봉인하기 위해 찔러 넣은 그 검이다.

"이제 허황된 꿈을 다 꾼 것이냐?"

검을 빼내자 그의 눈에 초점이 돌아왔다. 그는 제자들을 인자하게 둘러보고는 나지막한 목소리로 물었다.

"죄송합니다, 스승님. 저희를 죽이셔도 달게 받아들이겠습니다."

한 편의 신파가 시작되었다.

검은 로브는 백발노인에게 기어가 그의 발을 붙잡고 울었고, 오크는 무릎을 꿇고 빌고 있고, 엘프는 소리 죽여 울기만 했다.

난 어떻게 해야 하지?

그들과 나는 큰 관련이 없는 사람이다. 이 산파에 끼어들고 싶은 생각은 없었다.

단지 몬스터 범람이 끝나는 것만으로 만족했다.

"이제 몬스터 범람은 끝난 거겠죠?"

속죄의 장면을 연출하고 있는 그들의 모습을 보고 있자면 이런 말을 하면 안 되었지만, 그렇다고 해서 하염없이 여기서 시간을 보낼 수는 없었다.

나도 기다리는 사람이 있고, 할 일이 많은 사람이다.

산파는 내가 가고 난 후 해도 충분했다.

"자네는 누구인가? 본 적은 없지만 익숙한 기운이 너에게서 느껴지는구나."

"저는 사람입니다. 저들이 만들어놓은 몬스터 도어 탓에 피해를 입은 지구라는 세계의 사람입니다. 이제 봉인에서 풀려났으니 제자들이 벌인 일들을 수습해 주실 거죠?"

조금은 무례한 말을 서슴없이 내뱉었다. 백발노인이 제자들을 잘못 키워 몬스터 범람이 일어난 것이다.

"다른 세계로 통하는 통로를 연 것이었구나. 그래서 주변에 몬스터들의 기운이 느껴지지 않았어. 그게 너희가 생각하는 이 세계의 균형이었던 것이더냐?"

"그렇습니다, 스승님! 이 땅은 균형을 잃어가고 있었습니다! 너무도 많은 몬스터들이 살고 있어 몸을 뉘지 못할 정도였습니다! 스승님이 몬스터들에게 제약을 걸어놓은 것이 그렇게 만들었습니다! 저희가 몇 번이나 건의드리지 않았습니까! 균형을 위해서는 제약을 풀어야 한다고 말입니다!"

눈물만 흘리고 있던 엘프가 통곡하며 소리쳤다.

스승의 모습을 보고 있자니 이전의 일들이 생각난 것이다.

"그게 불균형이라고 생각했더냐? 나는 평화라고 생각했다. 내가 다 못난 탓이지. 너희가 고생이 많았구나. 미안하다."

어느새 대화의 주도권을 빼앗겨 버렸다. 내가 한 질문을 아무도 대답해 주지 않고 있다.

"대화 중에 죄송한데, 몬스터 도어는 이제 닫히는 겁니까? 그리고 몬스터 범람은 더는 일어나지 않겠죠?"

*　　　*　　　*

나는 제자와 뜨거운 상봉을 한 백발노인을 뒤로하고 도시로 돌아왔다.

그에게 여러 번 몬스터 범람이 다시 일어나지 않겠느냐고 물었지만 그는 아무런 말도 해주지 않았다.

괜히 미소나 짓고. 그러면 내가 어떻게 아느냐고. 그래도 평화를 좋아하는 존재로 보였으니 더는 몬스터 범람이 일어나지 않겠지.

백발노인의 인상을 믿었다. 인자한 얼굴의 그라면 더는 분란을 일으키지 않을 것 같았다.

도시에 도착해서 내가 가장 먼저 한 일은 당연히 침대로 돌진하는 일이었다.

"돌아오셨어요? 오랜 여행에 수고가 많으셨어요. 씻으시겠어요?"

카린과 이자벨은 제각각 다른 매력을 가지고 있었다.

매혹적인 성향을 가지고 있는 이자벨이 침대 위에서는 더 좋을지 몰라도 다른 것은 카린이 한 수 위였다.

"그럴까? 같이 씻을래?"

여행 중에서 물의 기운을 이용해 항상 몸을 청결하게 유지했기에 딱히 목욕을 하지 않아도 되었지만 카린과 같이 목욕하는 것을 마다할 이유는 없었다.

똑똑똑.

노크 소리가 들려왔다.

한창 좋은 시간을 보내고 있는 상황에 들려오는 노크 소리는 짜증을 유발시켰다.

"누구세요?"

"들어갈게. 돌아왔으면 돌아왔다고 바로 말을 해줘야지. 그 사이를 못 참고 집 안으로 들어왔냐?"

몬스터 범람이 일어나고 세계의 인구수는 급감했다. 세계의 가장 큰 문제는 적은 인구수라고 해도 틀린 말은 아니었다.

인구수 증가를 위해 노력하는 나를 방해하는 걸 보니, 사장은 인류의 문제에 대해 관심이 없는 것이 분명했다.

"무슨 일인데요? 중요한 일이 아니면 그냥 돌아가시는 게 어때요?"

차가운 말투로 말해봤자 통하지 않을 것을 알았지만, 목소리가 딱딱해지는 것은 어쩔 수 없었다.

"지금 새로운 부대원들과 합동 수련을 하고 있는데 네가 빠지면 안 되잖아. 어서 나와. 아, 제수씨, 물 한 잔 주실래요? 급히 달려왔더니 목이 마르네요."

사장은 능청스럽게 물 한 잔을 카린에게 건네받아 들이켰고, 그에게 물을 준 카린은 평소와 달리 삐친 표정을 짓고 있었다.

내가 자기 마음을 잘 알지. 나도 저런 사장 놈하고 엮이기 싫다고.

도움이 안 돼, 진짜.

"빨리 나가자고. 제수씨, 그러면 먼저 나가보겠습니다."

사장이 나의 팔을 잡아끌며 집 밖으로 강제로 끌어냈다.

이왕 집 밖으로 나온 김에 새로운 부대원들의 합동 수련을 볼 생각이다.

"얼마나 준비했는지 기대할게요. 사장님이 직접 수련을 시켰으니 잘하겠죠."

"당연하지. 슈트를 입었다고는 믿기지 않을 정도로 완벽한 모습이니 기대해도 좋다고."

도시 외곽에 마련된 부대원들의 수련 장소에 도착했다.

축구장이 네 개는 들어설 정도로 넓은 땅에 600명의 부대원들이 각을 잡고 서 있다.

저들이 우리 편이라 정말 다행이야. 얼마나 든든해.

슈트를 입고 서 있는 부대원들의 모습은 보고만 있어도 배가 불렀다.

수백만 마리의 몬스터가 도시를 쳐들어온다고 해도 저들만 있으면 아무런 걱정이 없었다.

토끼를 무서워할 사자는 없으니 말이다.

"자, 교관도 왔으니 그동안 우리가 얼마나 열심히 수련했는지 보여주자고!"

사장이 부대원들에게 소리치고는 슈트의 가슴을 닫았다.

부대원들이 허리 위로 두 손을 주먹 쥔 상태로 올렸다.

"모두 1장 시작!"

1장? 그러면 2장도 있다는 말인가?

궁금증이 들었지만 일단은 부대원들을 지켜보았다.

600명의 부대원이 동시에 왼손을 들어 올려 허리 높이로 움직였다.

몬스터의 공격으로부터 슈트를 보호하는 동작인 것 같다.

곧바로 오른 주먹을 내지르는 부대원들이다.

몬스터의 공격을 막은 다음 바로 공격하는 동작이다.

왠지 그들의 모습이 익숙했다.

내가 10년을 넘게 한 동작이었다.

바로 태권도 품새 1장을 슈트를 입은 부대원들이 하고 있는 것이다.

슈트를 입고 태권도 품새를 할 생각을 하다니 역시 사장의 머리는 뭐가 들었는지 모르겠단 말이야.

그래도 600대의 거대한 슈트가 동시에 움직여 태권도 품새를 하니 보기에는 좋았다.

거대한 주먹이 움직이고 발차기가 공기를 가르는 모습에 절로 미소가 지어졌다.

"모두 숨 고르기 실시!"

사장은 슈트의 가슴을 열고 나에게 달려왔다.

"어때? 대단하지? 부대원 모두 전투 경험이 많은 사람들이라 그런지 금방 익히더라고."

"대단하긴 하네요. 근데 왜 4장까지밖에 안 하는 거예요? 하려면 8장까지 다 하든가."

"겨우 4장까지 익혔는데 8장까지 다 하려면 한참 걸릴 거야. 이 짧은 시간에 이 정도까지 가르친 내가 대단하지 않냐?"

"네네, 그러네요. 대단하십니다. 정말 존경스럽네요."

부대장을 바꿔야 하나? 차라리 추수가 부대장을 하면 마교의 무공을 알려줄지도 모르잖아?

이미 부대원들 사이에는 거리감이 존재하지 않고 많은 부대원들이 추수에게 무공을 배우고 있긴 했지만 전문적으로 무공을 수련하고 있지는 않았다.

한번 고려해 봐야겠어.

부대장의 직책에서 잘릴지도 모르는 상황인 걸 아는지 모르는지 사장은 허허거리며 웃고 있었다.

"모두 수고하셨습니다. 오늘은 일찍 집에 가서 쉬도록 하세요. 매일같이 못난 부대장을 믿고 수련해 주신 여러분, 장하십니다."

"뭐라고? 내가 왜 못났냐, 대단하지!"

"알겠다니까요. 저는 이제 가봐도 되죠? 수련도 다 봤겠다, 부대원들도 해산했겠다, 제가 여기 있을 이유는 없잖아요."

"아니지. 너 몬스터 월드에서 있던 일들을 말해줘야 되잖아. 어떻게 됐어?"

부인들을 볼 생각에 미처 사장과 추수에게 몬스터 월드에서 있던 일을 말해주지 않은 것이 기억났다.

할 건 하고 집에 가는 게 맞겠지?

"추수가 도착하면 막사에서 얘기할게요."

마침 슈트를 보관장에 집어넣은 추수가 우리를 향해 걸어 오고 있었고, 우리는 바로 막사로 이동했다.

"다행히 제자들의 스승이라는 존재의 봉인을 풀었습니다. 생각보다 빨리 일이 끝났습니다. 앞으로는 몬스터 범람이 없 을 겁니다. 정확하게 대답을 듣지는 못했지만 평화를 사랑한 다는 노인네였으니 몬스터로 시끄러운 일은 생기지 않을 겁 니다."

"몬스터 범람이 일어나지 않는 것은 좋은 일인데 앞으로 마정석은 어떻게 구하냐? 지금이야 산처럼 쌓인 마정석이 있 으니 걱정 없지만 몇 년이 흐르면 마정석이 고갈될 건데, 그 러면 우리가 몬스터 월드로 들어가서 몬스터를 사냥해야 되 잖아. 도어까지 없어지는 것은 아니지?"

"저도 그것까지는 생각하지 못했네요. 다음에 가면 물어볼 게요."

다음이 언제가 될지는 모르지만 만약 그를 다시 만나게 된 다면 사장이 궁금해하는 것들을 물어볼 생각이다.

몬스터 범람이 일어나기 전에는 마정석이 없어도 잘 살아 왔다.

마정석이 몬스터 범람보다 중요한 일은 아니었다.

그리고 마정석이 굳이 필요하다면 나 혼자라도 몬스터 월 드로 들어가 마정석을 구해 오면 되는 일이기에 심각하게 생 각하지 않았다.

"그러면 저 정말 갈게요. 오늘은 찾아오지 마세요. 오랜 여행 때문인지 피곤하단 말이에요."

같이 술이나 한잔하자고 할 것 같은 사장의 입을 먼저 막았다.

어서 사장이 장가를 가야지 그의 손에서 벗어날 것 같은데.

왜 소개를 시켜줘도 차이기만 하는지 원.

사장에게 소개시켜 준 여자만 해도 열 명이 넘는다.

부대장이라는 직책을 가지고 있고 나이에 비해 젊은 육체를 가지고 있는 사장이 자꾸만 차이는 이유를 모르겠다.

"그래, 가라, 가. 총각은 총각끼리 놀란다. 추수야, 오늘 같이 한잔 콜?"

"저는 개인적으로 할 일이 있습니다. 술은 다음에 하는 것이 좋겠습니다."

추수가 사장의 술 권유를 거절했다. 빨리 도망가야 한다.

그의 마수가 나에게 뻗치기 전에 얼른 막사를 벗어나 집으로 돌아갔다.

집으로 돌아가자 카린 대신 이자벨이 자리를 지키고 있다.

아마 교대로 어린 뱀파이어들을 보살피고 있는 것 같았다.

"오셨다고 들었어요. 고생 많으셨어요."

이자벨이 고혹적으로 웃고 있다. 그녀의 미소를 보고 있자니 어서 침대로 가고 싶다는 생각밖에 들지 않았다.

"어머, 아직 씻지도 않으셨다면서요. 제가 씻겨 드릴게요."

나는 얼른 물의 기운을 끌어올려 몸을 깨끗하게 만들었다.

"이제 씻을 필요 없지?"

나는 이자벨의 잘록한 허리를 끌어안아 침대로 이동했고, 그녀는 침대 위에서 고양이 포즈를 하고 나를 기다리고 있다.

"간다. 거기 딱 기다리고 있어."

침대로 뛰어들었다.

쾅!

폭신한 침대의 감촉 대신 딱딱한 흙바닥이 나를 반겼다.

뭐지? 여긴 어디야?

흙먼지가 다시 나를 더럽히자 짜증이 머리끝까지 올라왔다.

벌써 두 번이나 방해를 받았다.

누군지 몰라도 나를 방해한 사람을 분이 풀릴 때까지 때려 줄 생각이다.

그런데 여기는 와본 적이 있는 것 같은데.

"왔군. 어서 일어나라. 할 말이 많다."

익숙한 목소리가 들려왔다.

고개를 들어 목소리의 주인공을 찾았다.

그의 얼굴을 확인하는 순간, 몸이 차갑게 굳었다.

네르키스.

동면에 빠진 네르키스가 나를 바라보고 있다.

아니, 동면에 빠지면 최소 수십 년은 잔다는 드래곤이 왜 나를 부른 거지?

나를 몬스터 월드로 이동시킬 수 있는 존재는 드래곤밖에 없다.

이곳에 도착하는 순간 그가 깨어났다는 것을 깨달았어야 했다.

중요한 순간에 방해를 받았기에 머리가 굳은 것이다.

"네르키스 님, 일어나셨습니까. 생각보다 일찍 일어나셨네요."

네르키스의 옆에는 리치가 다소곳이 앉아 있다.

"나도 깨어나고 싶지 않았지만 상황이 여의치가 않다. 현재 몬스터 월드에 무슨 일이 생긴 건지 설명해 봐라."

백발노인이 봉인에서 풀린 것이 드래곤을 깨울 정도로 큰일이었던 건지 동면을 포기하고 나를 부른 드래곤이다.

"몬스터 범람을 주도한 제자들의 힘을 이용해 스승이라고 부르는 존재의 봉인을 풀었습니다. 그 과정에서 제가 얼마나 고생했는지 들어도 믿지 못할 것입니다."

나는 일련의 일을 네르키스에게 고자질하듯이 말했다.

"그런 일을 듣고자 너를 부른 것이 아니다. 그자의 봉인이 풀렸다고 하더라도 지금의 상황이 이해가 가지 않는다. 왜 몬스터들이 스스로 목숨을 끊고 있느냐 말이냐. 몬스터뿐만 아니라 다른 종족에게까지 이상 현상이 느껴지고 있다."

"무슨 말씀이신지 잘 모르겠습니다. 백발노인은 평화를 사랑하는 존재라고 들었는데 왜 그가 몬스터들을 죽게 한단 말입니까. 이제 이 땅에 평화가 다시 찾아온 것이 아닙니까?"

"음. 큰일이다. 이곳의 균형이 완전히 깨지고 있다. 이러다가는 드래곤을 제외한 모든 생명체가 죽어나갈지도 모르겠다."

몬스터 월드의 몬스터들이 죽어나간다고 해서 별로 신경 쓰고 싶은 생각은 없다.

아니지. 모든 생명체가 죽어간다고 했던가? 그러면 드워프와 엘프도 죽고 있다는 거 아냐?

여유롭던 마음이 급해졌다.

"왜 그런 겁니까? 백발 노인네가 미치기라도 한 겁니까? 아니면 다른 문제가 생긴 겁니까?"

"나도 정확히는 모르겠다. 그 이유를 알기 위해 너를 부른 것이다."

직접 확인하면 되잖아요?

목 끝까지 이 말이 치고 올라왔지만 차마 하지 못했다.

드래곤이 까라면 까는 수밖에 없다.

"바로 확인하고 오겠습니다."

스승의 봉인이 풀린 지 채 하루도 지나지 않았다.

그동안 무슨 일이 생긴 것이 분명했다.

나는 텔레포트를 하기 위해 목걸이를 매만졌지만 이동하지 못했다.

"네르키스 님, 이미 텔레포트를 다 써버렸습니다."

호기롭게 다녀오겠다고 소리쳤지만 아직 이곳에 남아 있는 것이 부끄러워 작은 목소리로 네르키스에게 말했다.

그가 손을 들어 올리자 내 몸이 그를 향해 날아가기 시작했다.

반항하려면 충분히 할 수 있었지만 그럴 이유가 없어 얌전히 네르키스의 손아귀에 몸을 맡겼다.

"마나를 보충시켜 놓았으니 오늘은 열 번 이상 텔레포트를 사용할 수 있을 것이다."

진작 그렇게 만들지. 괜히 사람 무안하게.

"그럼 진짜 다녀오겠습니다."

속마음과는 달리 우렁차게 말하며 스승과 제자가 뜨겁게 상봉했던 장소로 텔레포트했다.

* * *

도착하자마자 강한 피비린내가 맡아졌다.

뜨거운 상봉에서 피비린내가 날 이유는 없었다.

가장 먼저 보이는 시체는 오크였다.

하루에도 몇 번이고 나에게 뜨거운 추파를 던지던 오크의 목에는 마른 지 얼마 되지 않아 보이는 피가 묻어 있었다.

생명의 기운이 있다면 오크를 살릴 수 있을까?

나에게는 더는 생명의 기운이 남아 있지 않았고, 생명의 기운이 있어도 이미 죽어버린 오크를 살릴 수 있을 것 같지는 않았다.

귀찮긴 했지만 오크가 밉지는 않았다. 자기를 배신한 내가 뭐가 그리 좋은지 항상 미소를 보여주던 오크였다.

피로 얼룩진 오크의 몸을 물의 기운으로 씻어주었다.

항상 몬스터 중에서 가장 청결하다고 자랑하던 오크였기에 마지막 가는 길에도 깔끔하게 보내주고 싶었다.

오크가 죽었다면 다른 존재들도 정상일 리가 없었다.

오크에게서 멀지 않은 장소에서 검은 로브의 시체를 찾을 수 있었다.

"아니, 그렇게 스승의 부활을 원했으면서 왜 이런 꼴을 하고 있는 거야? 평생토록 스승의 뒤꽁무니를 따라다니겠다더니."

검은 로브의 시체 옆에 혈흔이 남아 있다.

혈흔은 스승이 봉인되어 있던 동굴로 이어져 있었다.

동굴 안에 있는 존재가 마지막 남은 피해자이거나 가해자일 것이다.

만약 이 사달을 벌인 가해자가 저 안에 있다면 사지를 비틀어 버릴 것이다.

내가 가진 모든 기운을 끌어올린 채 동굴 안으로 들어갔다.

혈흔이 점점 짙어지고 있다.

혈흔의 끝에는 붉게 물든 백발을 하고 있는 그가 있었다.

제자들의 스승이라고 불리는 그가 싸늘한 주검이 되어 벽에 몸을 기댄 채 죽어 있다.

누가 그를 이렇게 만들었지?

오크의 시체와 검은 로브의 시체를 확인했다. 남은 존재는 엘프뿐이다.

동물을 사랑하고 아끼는 그가 자신의 스승을 이렇게 만들었다는 사실이 믿기지 않았다.

자신의 스승을 죽일 정도로 동물과 함께 지내고 싶었던 건가?

엘프를 찾아 나서야 한다.

그가 어디로 갔을지는 뻔했다.

나는 동물들의 보금자리가 있는 곳을 떠올리며 텔레포트했다.

동물들이 나를 보고 다가왔다. 여러 날을 함께 지낸 사이였기에 나를 낯설어하거나 공격하지 않는 동물들이다.

아직 그가 도착한 것 같지는 않아 보였다. 그의 기운은 어디에서도 느껴지지 않았다.

하루도 지나지 않아 여기까지 올 수는 없겠지.

도시 한가운데에 자리를 깔고 그를 기다렸다. 그는 여기로 올 수밖에 없다.

동물들을 버리고 그가 갈 곳은 없었다.

이미 늦은 시간이었고, 해는 점점 지기 시작했다.

어둠이 찾아오고 동물들도 하나둘 잠을 청했다. 간혹 들려오는 바람 소리가 아니라면 나도 잠을 청했을지 몰랐다.

쉬이이잉!

어두운 하늘을 밝히는 새하얀 광채가 엄청난 속도로 다가오고 있다.

본능적으로 저 광채가 엘프라는 것을 알아차렸다.

자리에서 일어서 그를 맞을 준비를 했다.

오행의 기운을 극성으로 끌어 올렸다.

광채에서 평소 엘프에게서 느껴지지 않던 엄청난 기운이 느껴졌지만 이대로 도망갈 수는 없었다.

하얀 광채가 도시의 가운데에 도착해서야 빛을 줄여갔고, 이내 엘프의 모습이 드러났다.

"너무 늦게 온 거 아냐? 한참이나 기다렸다고. 내가 너 없는 동안 동물들하고 잘 놀아줬으니 동물 걱정은 하지 말고."

"고맙군. 언제 보아도 사랑스러운 존재들이지. 그렇지 않은가?"

"그렇게 사랑스러워? 자신의 동료와 스승을 죽일 정도로 말이야?"

"어쩔 수 없는 선택이었다. 스승님이 다시 활동을 시작하면 우리가 설 자리는 없어진다. 너는 알고 있는가, 그 지옥 같은 시간을 우리가 어떻게 견뎌왔는지?"

"지옥 같은 시간? 그래, 과거가 지옥 같았다고 하자. 그렇다고 해서 스승과 동료들을 죽여가면서까지 네가 이루고 싶은 것은 뭔데?"

"내가 스승님을 죽인 순간부터 나는 그를 대신해 새로운 신이 되었다. 이 땅과 몬스터의 땅을 동시에 다스리는 신 말이다. 동물을 제외한 모든 몬스터와 종족은 조만간 정리되고 오로지 동물만이 뛰어노는 세상을 건설할 것이다."

"동물만이 뛰어노는 세상? 그렇다면 네 종족인 엘프까지도 다 죽일 생각이냐? 아무리 신이 되었다고 해도 다른 존재의 목숨까지 좌지우지할 권리는 없다고!"

"그렇게 생각하는 건가? 나와는 생각이 다르군. 동물을 제외한 다른 종족들은 전부 땅을 더럽히는 존재일 뿐이다. 그들이 먹고살기 위해 얼마나 더러운 짓을 많이 하는지 모른다고는 하지 않겠지. 얌전히 있는 동물들이 얼마나 많이 그들의 허기를 채우기 위해 죽어갔는지 아느냐 말이다."

"무슨 헛소리를 그렇게 장대하게 해? 동물들도 살아가기 위해 풀을 뜯어 먹고 먹이사슬 밑의 동물들을 잡아먹는다는 것을 너도 알고 있잖아."

"그것은 자연의 섭리다. 몬스터와 다른 종족들이 자신들의 욕심을 채우기 위해 하는 행동이 아니란 말이다."

아집에 둘러싸여 있는 엘프였다.

그와의 대화는 제자리를 맴돌 뿐이다.

대화가 통하지 않는 상대와는 몸의 대화를 할 수밖에 없다.

내가 그를 이길 수 있을까? 스승의 능력까지 잡아먹은 살모사 같은 놈이다.

오행의 기운만으로 그를 상대하기는 힘들었다.

하지만 나도 믿는 구석이 있다. 뱀파이어의 능력.

그에게 다가가 피를 흡수하기만 한다면 그를 잡을 수 있었다.

많이도 아니다. 손톱 크기 정도의 상처에서 흘러나오는 피면 충분했다.

아무리 그가 강하다고 해도 내 공격을 받고 작은 상처 하나 입지 않을 수는 없다고 생각했다.

"신이 돼서 참 좋겠네. 그런데 말이야, 나는 평소에 신을 믿어본 적이 없거든. 나에게 신 대접을 받을 생각은 하지 않는 게 좋을 거야."

"나와 싸우려고 하는 건가? 멍청하군. 너와 나의 힘의 격차가 느껴지지 않는 건가? 너는 하등한 인간일 뿐이다. 나와 이렇게 대화를 나누는 것도 영광으로 생각해야 하는 하등한 인간 말이다."

선수필승.

그가 말을 하는 순간을 노려 바람의 칼날을 날려 보냈다.

목표는 그의 발목.

땅의 기운이 그의 다리를 묶는 사이 작은 상처를 만들 생각이었다.

파바박!

바람의 칼날이 그의 발목에 닿는 데까지는 성공했지만 상처를 만들지는 못했다.

바람의 칼날은 그의 발목에 부딪치는 순간 수십 조각이 되어 사라졌다.

그의 발목에는 모래 방어막이 쳐져 있었다.

그 짧은 순간에 모래 방어막이 그의 발목을 보호한 것이다.

"신이 왜 신이라고 불리는지 알려주지. 하등한 존재가 신을 공격하려는 마음을 먹을 수는 있지. 하지만 신에게 상처를 입힐 수 있는 존재는 없다. 지금도 네가 나를 공격하려고 했지. 나는 딱히 방어할 생각조차 하지 않았다. 하지만 방어막이 스스로 생겨나 너의 공격을 막아내었다. 이것이 신의 능력이다."

엘프의 말을 듣고 있을수록 속에서 열불이 차올랐다.

불과 하루 전만 해도 한입거리도 되지 않던 그가 잘난 듯이 떠드는 소리를 듣고 있자니 몸에 소름이 올라왔다.

"신이라고 자부하니 이번에도 막지 않으시겠지. 다시 간다."

선전포고를 했지만 여전히 한 발자국도 움직이지 않고 있는 엘프의 당황한 모습을 보고 싶었고, 그를 향해 모든 기운을 퍼부었다.

기운을 날려 보내는 것은 물론이고 직접 날아가 몸통박치기를 하려고 했다.

상처를 내겠다는 목적도 잊은 채 그를 한 발자국이라도 움직이게 하고 싶었다.

퍽!

나는 그의 몸을 감싼 모래 방어막을 뚫지 못하고 바닥을 뒹굴었다.

내 것이던 모래 방어막을 사용하고 있는 엘프가 얄미웠다.

"장난은 이만하도록 하지. 너와의 대화는 이제 끝이다."

그의 몸에서 기분 나쁜 기운이 스멀스멀 기어 나왔다.

검은 아지랑이.

엘프는 죽음의 기운을 이용해 나를 죽일 생각이다.

죽음의 기운이 나에게 다가오기 시작했다.

나는 몸을 날려 아지랑이를 피하려고 했다. 하지만 내 몸을 짓누르는 알지 못하는 기운 때문에 움직일 수가 없었다.

이대로 죽는 건가. 젠장, 처음부터 검은 로브의 말을 듣는 것이 아니었어.

선택을 한 것은 나였다. 선택의 결과도 나쁘지 않았다고 생각했다.

하지만 최악이었다.

검은 로브도 아닌, 그의 스승도 아닌, 엘프의 손에 죽게 생겼다.

검은 아지랑이가 내 발을 타고 올라오기 시작했다.

피부의 모공으로 스며드는 검은 아지랑이를 막기 위해 쇠의 기운으로 피부의 모공을 닫아보았지만 소용없었다.

어떻게든 틈을 찾아 들어오는 죽음의 기운이었고, 점점 몸에서 힘이 빠지기 시작했다.

"이만 죽어라. 너를 기억해 주마. 너는 신에게 기억되는 유일한 사람이다. 죽어서도 자랑스럽게 생각해라."

죽어서 자랑스러워하기는. 나는 살고 싶다고.

죽음의 기운이 목을 틀어막아 목소리가 나오지 않았다.

그에게 소리치고 싶었다. 살려달라고 구차하게 빌고 싶었다.

하지만 이미 죽음의 기운에 지배당한 몸은 내 말을 듣지 않았다.

블라디미르를 상대하며 죽음의 기운에 당해본 적이 있다.

조만간 내 육체는 늙어 비틀어질 것이다.

숨이 가빠온다. 눈도 침침해졌다.

이렇게 끝인 건가. 지랄 같네.

"하아악, 하아악!"

거친 숨소리를 내뱉는 것 말고는 내가 할 수 있는 일이 없었다.

눈이 감겨왔다. 이대로 죽는 것도 나쁘지 않다는 생각이 들었다.

죽음의 기운 때문인지 삶의 의욕도 잃어가고 있다.

"정신 차려라. 눈을 떠라. 기운을 받아들여라."

어느 순간 기운을 뺏어가던 죽음의 기운이 더는 느껴지지 않고 마력의 덩어리가 파고들어 오고 있다. 가뭄에 단비였다. 나는 그 기운을 빨아들여 몸을 회복시키려고 노력했다.

한참이나 마력을 빨아들이자 정신이 들었다.

죽지는 않았네? 여기는 어디지?

눈을 떴다. 가장 먼저 보이는 것은 해골이었다.

리치가 나를 보살피고 있었다. 그리고 그의 뒤에는 드래곤이 보였다.

아마 드래곤이 나에게 마력을 주입해 주었을 것이다.

"감사합니다. 진짜 죽을 뻔했습니다. 조금만 늦었어도 죽었을 겁니다."

"리치가 차고 있는 약속의 인장이 검게 물들기에 급히 너를 이곳으로 불러들였다. 무슨 일이 있었던 거냐?"

"엘프가 스승은 물론이고 다른 동료들의 기운까지 흡수하고 신의 행세를 하고 있습니다. 그는 동물을 제외한 모든 몬스터와 종족들을 학살하려고 합니다. 이제는 드래곤이 움직여야 하지 않겠습니까?"

엘프와 싸운 결과 나 혼자만으로는 그를 막을 수 없다는 결론을 내렸다.

내가 기댈 곳은 드래곤뿐이었다.

균형의 수호자라는 드래곤이라면 충분히 그를 막을 수 있을 것이다.

만약 그 혼자 안 된다면 다른 드래곤이라도 불러내어 그를 막아야 했다.

"그렇게 된 거군. 그자가 그렇게 쉽게 죽을 존재가 아니었는데. 너무 제자를 믿었던 거야. 한번 배신한 제자를 다시 믿다니 아둔하군."

네르키스의 말을 듣고 있자니 희망이 생겼다. 드래곤인 그가 움직인다면 스승의 힘을 잡아먹은 엘프라고 하더라도 무사하지는 못할 것이다.

"당장 움직이시죠. 제가 안내하겠습니다."

마력을 흡수한 덕에 내 체력이 절반 이상은 돌아왔기에 나는 자리를 털고 일어났다.

"드래곤은 이런 일로 움직일 수 없다. 우리는 균형을 수호하는 존재다."

"아니, 모든 종족의 씨를 말리려고 하는데 당연히 드래곤이 움직여야 하는 것 아닙니까? 도대체 균형이 뭘 뜻하는 겁니까?"

"평화의 시대일 때도 우리는 움직이지 않았다. 우리가 말하는 균형의 파괴란 이 세계의 멸망을 뜻하는 것이다. 우리 입장에서 봤을 때는 단지 새로운 바람이 불어오는 것과 다르지 않다. 그가 우리를 향해 직접적으로 공격해 오지 않는 이상, 우리는 그를 막기 위해 움직이지 않을 것이다."

답답했다. 내가 생각하는 균형과 드래곤이 생각하는 균형 사이에는 좁힐 수 없는 간극이 있었다.

"그러면 그를 가만히 두실 생각이십니까? 모든 종족이 사라진 세계에서 살고 싶으신 겁니까?"

"드래곤의 입장에서는 어쩔 수 없다고 말했지만 나는 그의 행동이 마음에 들지 않는다. 내 유일한 낙이 다른 종족과의 교류다. 내 낙을 잃고 싶지는 않다."

"아니, 그러면 어떻게 하실 생각입니까? 그를 상대할 만한 존재를 알고 있는 겁니까, 아니면 그를 상대할 만한 무기라도 있는 건가요?"

드래곤이 손을 들어 보인다. 천천히 들리는 그의 손끝에 집중했다.

그의 손이 가리키고 있는 것은 나였다.

혹시나 싶어 뒤를 돌아보았지만 뒤에는 아무도 없었다.

"저보고 하라는 말씀입니까? 보시다시피 저는 엘프에게 처참히 깨지고 돌아왔습니다만……."

"너를 그냥 보낼 생각은 없다. 따라오너라. 그를 상대할 만한 방법을 만들어주마."

드래곤은 나를 데리고 던전 깊숙한 곳으로 이동했다.

몇 번이나 들어가 보고 싶었지만 리치의 만류로 한 번도 들어가 보지 못한 던전의 안쪽이다.

도착한 곳에는 굵은 쇠사슬로 묶인 거대한 바위가 자리 잡고 있었다.

마치 무언가를 봉인한 듯한 모습처럼 말이다.

"여기에 제가 강해질 비결이 있는 건가요?"

"그렇다. 하지만 쉽지는 않을 것이다."

제7장
Life is a risk

네르키스가 쇠사슬에 손을 가져다 대자 쇠사슬이 땅으로 떨어졌다. 얼마나 무거운 쇠사슬로 바위를 묶어두었는지, 쇠사슬은 그대로 땅에 박혀 버렸다.

저렇게까지 하면서 봉인해 둔 대상이 누구길래 네르키스가 저렇게 긴장하는 거지?

악마라도 가두어두었나.

바위를 묶고 있던 쇠사슬이 풀리자 네르키스는 거대한 바위를 옆으로 밀어내었다.

거대한 바위가 움직이자 거기에는 큰 구멍이 있다.

던전이 넓다는 것은 알고 있었지만 이 정도일 줄은 상상도 하지 못했다.

지금까지 보아온 던전의 내부와 비슷한 크기의 구멍이 그곳에 있었다.

"안으로 들어가라. 행운을 빌겠다."

이게 끝이야? 안에 뭐가 있는지 말해줘야 되는 거 아냐!

나는 등을 떠미는 네르키스의 손에 밀려 구멍 안으로 한 걸음 움직였다.

단지 한 걸음뿐이었지만 공기가 달라진 것이 느껴졌다.

더럽고 역한 공기가 피부를 찢을 듯이 다가오고 있었다.

앞이 보이지 않는 어둠만이 가득한 구멍 안을 보기 위해 불의 기운을 횃불처럼 사용해 불을 밝혔다.

누가 있는 건가? 아무것도 보이지 않는데.

불을 밝혔지만 여전히 구멍 안에는 벽밖에 보이지 않았다.

특이한 거라고 하면, 한쪽 벽에 쇠사슬이 쳐져 있다는 것 정도이다.

아무것도 보이지 않아서 그런지 긴장이 풀어졌다.

"벽밖에 없는데 뭘 조심하라는 건지."

툭.

다리를 꼬고 벽에 손을 짚었다.

움찔.

벽에서 이상한 감촉이 느껴졌다. 단순히 둔탁한 벽이라고 생각한 것이 미세하게 움직인 것이다.

손이 굳었다. 몸을 움직이지 않고 살며시 고개를 들어 벽 위를 쳐다보았다.

검은 비늘이 가득한 벽.

고개를 천장까지 들어 올리자 이 벽의 정체를 알 수 있었다.

"드래곤이잖아!"

천장 위에 머리를 붙이고 있는 검은 드래곤 한 마리가 눈을 감고 있다.

미세하게 움직이는 걸로 보아 죽지는 않은 것 같아.

네르키스, 진짜 미친 거 아냐? 드래곤을 잡아먹으라니. 물론 내가 드래곤의 힘을 흡수하는 것이 최고의 시나리오이긴 하지만 아무런 무기도 주지 않고 그냥 동굴 안으로 집어넣는 심보는 뭐야?

툭툭.

쇠사슬에 묶여 있는 검은 드래곤의 발바닥을 건드려 보았다.

정말 미세한 근육의 움직임만 감지될 뿐 다른 반응은 보이지 않았다.

기절한 건가?

번쩍.

"으악!"

드래곤이 갑자기 눈을 떴고, 드래곤의 눈을 보는 순간 나도 모르게 괴성이 튀어나왔다.

"나가고 싶다. 이곳에서 나가 광활한 하늘을 날고 싶다."

드래곤의 목소리는 너무도 처량했다.

왜 이 드래곤은 여기에 사지가 묶인 채 있는 걸까?

참, 내가 드래곤 걱정할 때가 아니지.

드래곤을 걱정하기에는 내 상황이 너무나 좋지 않았다. 기껏 흡수한 제자들의 기운을 모두 소진한 상태이고, 엘프를 잡기에는 지금 내가 가진 힘이 너무도 부족했다.

이렇게 맛 좋은 드래곤을 준비해 준 네르키스의 성의를 봐서라도 검은 드래곤의 힘을 흡수해야 했다.

"죄송합니다. 제가 사정이 있어서 말이죠. 실례하겠습니다."

검은 드래곤의 발목으로 보이는 것에 이빨을 들이밀었다.

"아야!"

드래곤 비늘은 너무도 딱딱했다.

하긴 드래곤의 비늘로 만든 방어구가 최고의 강도를 가지고 있다고 하니 내 이빨이 드래곤의 비늘을 뚫을 수는 없겠지.

하지만 나에게는 드래곤의 가슴을 찢어놓았다는 검이 있었다.

이빨이 통하지 않는다는 것을 안 순간 재빨리 검을 꺼내어 드래곤의 발목을 향해 휘둘렀다.

텅!

둔탁한 소리를 내며 검이 튕겨져 나왔다.

드래곤의 비늘을 뚫기는커녕 작은 홈집조차 만들지 못했다.

검으로도 불가능한 건가? 기운을 사용해서 상처를 만들어야겠어.

딱딱한 쇠를 잘라내기 위해서는 뜨거운 온도가 필요했다.

나는 검에 불의 기운을 한껏 집어넣고는 다시 드래곤의 발목을 노리고 검을 휘둘렀다.

텅!

약간의 홈집을 만들기는 했지만 상처를 만들기에는 역부족이었다.

"그 검, 기억이 난다. 나의 가슴에 박혔던 검이다. 죽이겠다. 죽일 거다. 나를 여기에 가둔 너희들을 씹어 삼키겠다."

드래곤의 눈에서 검은 광채가 뿜어져 나오는 것 같다.

어찌나 강렬하게 나를 쳐다보는지 요기가 느껴지기까지 했다.

여기에 갇힌 존재는 드워프와 엘프의 영웅들이 막은 마룡이 분명했다.

마룡은 죽은 것이 아니었다. 내 손에 들린 검이 마룡의 드래곤 하트를 뚫었다고 들었지만 그것은 사실이 아닌 것 같았다.

이렇게 펄떡거리는 마룡의 심장에 검이 꽂혔다니 거짓말이 분명했다.

"크아아악!"

마룡이 몸을 비틀기 시작했다. 쇠사슬에 묶여 자유롭게 움직이지 못하는 마룡이기에 망정이지 하마터면 동굴이 순식간에 무너질 뻔했다.

"죽인다. 너를 죽이고 말겠다."

"죽이겠다고 말만 하지 말고 죽여보시든가."

쇠사슬에 묶여 힘을 쓰지 못하는 마룡을 겁낼 이유는 없지.

지금이 아니면 언제 드래곤을 상대로 이렇게 당당하게 행동할 수 있겠어.

마룡이 지랄발광을 하든 말든 지금은 어떻게 저 비늘을 뚫고 상처를 낼지 알아내는 것이 중요한데.

쿠구궁!

"그만 좀 움직여. 이러다가 동굴 무너지겠다."

드래곤의 던전이 쉽게 무너질 리는 없었지만 마룡의 발광으로 천장에서 돌멩이가 떨어졌다.

비늘을 뚫기 위해 고민하고 있는 상황에서 돌멩이는 집중력을 저하시키는 요소였다.

"자꾸 그러면 구워버린다."

마룡의 발광을 멈추기 위해 아무렇게나 말을 내뱉었다.

정말 구우면 되지 않을까?

검에 불의 기운을 담은 공격이 실패했지만 드래곤 발목 전체를 뜨거운 불길로 오랫동안 태운다면 약해질 것 같았다.

그래, 태워보자.

고민을 하는 것보다 무슨 짓이든 해보는 게 나았다.

생각을 한다고 해서 좋지도 않은 머리에서 아이디어가 나올 것 같지는 않았다.

나는 불의 기운을 이용해 드래곤의 발목에 불을 질렀다.

뜨거운 불길이 드래곤의 발목을 태우기 위해 크기를 키워갔지만 드래곤의 발목으로 불이 번지지는 않았다.

불길을 거세게 하려면 바람이 필수지.

불길을 키우기 위해 부채질을 하듯이 바람의 기운을 이용해 불길의 크기를 더욱 키웠다.

바람의 기운을 만난 불길이 더욱 거세게 타올라 드래곤의 발목을 뜨겁게 만들자 약간이지만 드래곤의 비늘색이 옅어진 것이 보였다.

이제는 되겠지.

불길이 꺼지지 않은 드래곤의 발목을 향해 검을 휘둘렀다.

퍽!

검이 튕겨 나오지 않았다. 드래곤의 비늘을 뚫고 검이 들어갔다.

된 건가? 이 정도 타격음이면 상처가 생겼겠지.

깊게 박힌 검을 억지로 당겨 뽑아내었다.

작지 않은 홈집이 드래곤의 비늘에 생겼지만 피가 흐르지는 않았다.

드래곤의 비늘이 어찌나 두꺼운지 검의 절반 정도가 박혔지만 아직도 드래곤 비늘은 부서지지 않고 있었다.

피 보기 정말 힘드네.

드래곤의 비늘이 두껍다고 해도 이제 방법은 생겼다.

나무꾼으로 변할 때였다.

두꺼운 드래곤 비늘을 나무하듯이 여기저기 쳐 홈집을 만들 생각이다.

쿵! 쿵! 쿵!

검을 횡으로 빠르게 휘두르자 비늘에 생긴 홈집이 점점 깊어갔다.

중간중간 불길을 관리하며 계속해서 검으로 도끼질을 해댔다.

"죽여 버리겠다. 죽여 버리겠다고! 크아악!"

"알았으니까 조용히 좀 해봐. 지금 집중하고 있는 거 안 보여?"

마룡의 외침을 무시하며 손을 움직이자 비늘의 끝이 보이기 시작했다.

마룡의 비늘을 뚫기 위해 한 노력의 절반만 해도 수백 그루의 나무를 베었을 것이다.

그래, 드래곤의 힘을 흡수하는데 이 정도 노력도 하지 않는

다면 그게 도둑놈 심보지.

나는 정당한 노력을 하고 대가를 받아가는 노력파니까.

주륵.

드디어 검이 마룡의 비늘을 뚫고 살에 진입했다.

검붉은 피가 검을 타고 흐르고 있었다.

노력의 대가를 받을 차례였다.

드래곤의 힘을 흡수하는 것에 비해 적은 노력이라고 할 수도 있겠지만 이런 기회를 만든 것도 나의 능력이다.

"죽인다. 내 몸에 상처를 내다니 너를 기억하겠다. 죽을 때까지 너를 찾아다닐 것이다. 네가 죽고 없어진다면 너의 후손 전부를 집어삼킬 것이다."

무시무시한 말을 서슴없이 내뱉는 마룡의 말에 소름이 돋았지만 마룡이 쇠사슬을 부수고 나를 공격해 올 가능성은 없어 보였다.

"나중에 지옥 가서 보자고. 그럼 잘 먹겠습니다."

검붉은 마룡의 피가 나를 유혹하고 있다. 지옥에서 마룡을 만날 일은 나중에 생각하기로 하고 지금은 나를 유혹하고 있는 그의 피를 마실 생각만이 머리에 가득했다.

나는 피를 들이마시기 시작했다.

검이 만들어낸 상처는 그리 크지 않았다. 한 번의 칼질을 더 한다면 더 큰 상처를 만들 수 있겠지만 그럴 정신은 없었다. 이미 피가 흐르고 있는 상태이다. 비좁은 상처에 입을 가져다 대고 드래곤의 피를 빨아 마셨다.

그러는 동안 마룡이 자꾸만 소리쳤지만 귀에 들리지 않았다. 오로지 검붉은 그의 피만이 보였다.

"하아아!"

이게 드래곤의 힘이란 말인가? 온몸에서 느껴지는 희열은 지금까지 경험해 본 적 없는 종류였다. 강한 힘을 가지고 있는 제자들의 힘을 흡수할 때도 이런 희열을 느껴본 적이 없었다. 엄청난 희열에 정신을 차리기가 힘들었다. 이미 온몸의 혈관을 타고 흐르고 있는 드래곤의 피가 내 정신을 빼앗아 가려고 했다.

조금만 방심하면 정신을 잃어버릴 것 같았다.

그렇다고 해서 마룡의 피를 빠는 것을 멈출 수가 없었다.

강해지고 싶다는 생각 때문이 아니다. 그의 피가 주는 희열을 더 느끼고 싶었을 뿐이다.

벌써 해가 뜬 건가?

어둠이 주는 힘이 빠져나가는 것이 느껴졌고, 어둠이 지나가고 태양이 떠오르고 있다는 것을 느낄 수 있었다.

얼마나 많은 시간 동안 드래곤의 발목을 붙잡고 있었는지 모른다.

하지만 아직도 부족했다.

드래곤의 힘을 흡수하기에는 아직도 많은 시간이 필요했다.

몇 번이고 어둠이 찾아왔다 지나갔다.

드래곤의 피를 마시기 시작한 지 최소 일주일은 지난 것 같다. 드래곤의 피를 마셔서 그런지 허기가 지지는 않았지만 정신적으로 피곤했다.

희열이 정신을 피곤하게 만들었다. 너무나 강한 자극에 오랜 시간 노출되어 있어서 그런지 머리가 제대로 움직이지 않고 있다.

생각을 할 수도 없었다. 단편적인 기억의 흐름만이 머릿속을 맴돌 뿐이다.

"이제 끝난 건가? 드래곤, 더럽게 강하네."

몸속을 가득 메우던 희열이 더는 느껴지지 않았다. 마룡의 힘 전부를 흡수한 것이다.

지금 내 몸 안에 얼마나 강한 힘이 잠자고 있는지조차 파악되지 않았다.

일단 나가자. 나가서 네르키스를 만나 얘기를 들어야겠어.

그러면 내 힘을 파악할 수 있을 것이다.

아직 떨리는 몸을 이끌고 동굴 밖으로 나오자 거기에는 나를 기다리고 있던 리치가 반갑게 손을 흔들었다.

삐걱삐걱 소리가 날 정도로 말이다.

"강해졌군. 역시 마룡이라고 해도 드래곤의 힘을 온전히 가지고 있는 존재였구나."

언제 나타났는지 리치의 뒤에는 네르키스가 굳은 표정으로 나를 바라보고 있었다.

"덕분에 좋은 경험 했습니다. 드래곤의 힘을 흡수할 거라고는 상상도 못 했습니다."

"나도 인간이 드래곤의 힘을 흡수할 거라고는 상상도 하지 못했다. 드래곤의 힘을 흡수한 인간이 균형을 깨뜨리지는 않겠지?"

나를 보며 하는 말이라고 생각되지 않는 말을 네르키스가 내뱉었다.

걱정되는 것 같았다. 나의 존재 자체가 세상의 균형을 망가뜨리지 않을까 생각하는 네르키스에게 가볍게 웃어주었다.

"절대 그럴 일은 없으니 걱정하지 마십시오. 귀찮아서라도 세상의 균형을 무너뜨릴 일을 하지 않을 테니까요. 그럴 시간 있으면 집에서 부인들하고 알콩달콩 시간을 보내겠습니다."

"지금이야 그렇게 생각할 수도 있지만 그 생각이 언제까지 유지될지는 모르겠다."

이렇게 걱정할 거라면 왜 나를 마룡한테 데려간 건지.

나도 굳이 이렇게 강한 힘을 원한 것은 아니라고. 그냥 드래곤이 나서서 엘프를 처리했으면 얼마나 좋아!

"제가 세상의 균형을 무너뜨릴 일을 한다면 네르키스 님이 직접 저를 막으실 거잖습니까. 절대 그런 일은 만들지 않겠습니다. 네르키스 님과 싸우고 싶은 생각은 없으니까요."

아무리 말해도 굳은 표정을 풀지 않고 있는 네르키스였다.

드래곤이 이렇게 걱정한다는 것 자체가 신기했다.

한참이나 선문답 같은 대화를 나눈 우리였고, 말할 힘이 떨어질 때가 되어서야 네르키스는 다른 말을 하기 시작했다.

"이제 엘프를 막아야 된다. 그가 다른 종족들을 죽이기 전에 움직여야 한다."

"그가 가진 정확한 힘이 무엇입니까? 어떻게 다른 종족들을 죽음으로 몰아붙이고 있는 겁니까? 몬스터들이야 그에게 쉽게 정신을 뺏겨 목숨을 던진다고 하지만 다른 종족들은 그래도 지성이 있는 존재들인데 그렇게 쉽게 죽을 거라고는 생각되지 않습니다."

"그자들의 스승이라는 존재가 가진 힘의 근원은 정신력이다. 그의 말 한마디에는 태초의 기운이 머물고 있다. 그의 말은 곧 숙명인 것이다. 그의 말을 들은 존재들은 이지를 상실하고 만다. 그것을 막기 위한 가장 좋은 방법은 그를 죽이는 것이다. 만약 그를 죽이지 못한 상태에서 이지를 상실한 종족들을 만난다면 드래곤 피어를 이용해 그들의 정신을 깨워라."

드래곤 피어.

아직은 어떻게 사용하는지 알지 못하지만 말만 들어도 강해진 기분이 들었다.

네르키스와 함께 던전 밖으로 나왔다.

던전 안에서는 드래곤 피어를 사용하기 힘들다는 이유 때문이다.

자칫 잘못하면 던전이 무너질 수도 있다니 얼마나 강한 위력을 가지고 있을지 기대가 되지 않을 수 없었다.

"드래곤 피어가 무엇인지부터 설명해 주겠다. 일반적으로 드래곤의 하트에서 뿜어져 나오는 마나를 이용해 한 번에 폭발시키는 능력이다. 목소리에 마나를 실은 것이라고 생각해도 좋다. 드래곤 피어를 이용하면 들은 대상자에게 공포심과 위압감뿐만 아니라 각인을 시킬 수 있다. 먼저 시범을 보이겠다."

네르키스의 설명을 듣고 있자니 단지 큰 목소리를 내는 능력이라고만 느껴졌기에 실망감이 들었다.

목소리를 키운다고 해서 큰 위력이 발휘될 것 같지는 않았다.

"내 목소리가 들리는 존재들은 모두 이곳으로 향하라!"

"으아아악!"

네르키스의 말 한마디에서 엄청난 기운이 느껴졌기에 귀를 막지 않을 수가 없었다.

마룡의 마나가 나를 보호했기에 망정이지, 하마터면 정신을 놓아버릴 뻔했다.

하여튼 주의하라는 말 한마디를 안 하는 드래곤이었다.

쿵! 쿵! 쿵!

엄청난 발자국 소리가 들려왔다.

몬스터 월드에서 몬스터를 찾아보는 것은 지구에서 생존자를 찾는 것만큼이나 힘들어진 지금이고, 한 번에 이렇게 많은 몬스터가 모인 광경은 근래에 본 적이 없었다.

던전 주위로 모인 몬스터들의 눈은 정상이 아니었다.

공포에 질려 있고 입에서는 침이 줄줄 흐르고 있었다.

저게 드래곤 피어의 위력인가. 아무리 지능이 떨어지는 몬스터들이라고 하지만 이지를 상실하고 던전에 모여든 몬스터들을 보자니 실망한 마음이 다시 기대로 바뀌었다.

이제는 많은 몬스터를 상대할 때 기운을 사용하지 않아도 좋았다.

드래곤 피어 한 방이면 정리가 되는 것이다. 물론 부대원들이 옆에 있을 때는 사용하지 못하겠지만.

"이제 네가 드래곤 피어를 이용해 몬스터들을 원래의 자리로 돌려보내 보아라."

"어떻게 하는지 설명이라도 해줘야 되지 않습니까. 원리는 대충 알겠지만 자세한 설명을 듣고 싶습니다."

"이미 너의 몸속에 흐르고 있는 드래곤의 피가 방법을 알려주었을 것이다. 드래곤 피어는 배운다고 쓸 수 있는 능력이 아니다. 드래곤이라면 본능적으로 펼칠 수 있는 능력이다."

그러니 문제였다. 나는 드래곤이 아니라 사람이었다.

그래도 한번 해볼까?

정확하게 하는 방법은 모르겠지만 왠지 자신이 있었다.

혈관을 따라 돌고 있는 드래곤의 피가 나에게 자신감을 주었다.

드래곤의 피와 마나에 몸을 맡긴 채 목에 힘을 주었다.

마나가 빠르게 목으로 모여드는 것이 느껴졌다.

이대로 외치기만 하면 되는 것일까?

말에 의지를 담아야겠지?

몬스터들을 해산시킨다는 생각을 여러 번 곱씹으면서 소리쳤다.

"꺼져라! 너희들의 자리로 다시 돌아가라!"

우렁찬 목소리가 터져 나오기는 했지만 별 효과는 없어 보였다.

여전히 몬스터들은 던전 주위에 자리를 잡고 있고 그들의 눈은 여전히 네르키스에 대한 공포가 가득했다.

"제대로 해보거라. 마나가 제대로 담기지 않았을 뿐 아니라 의지도 약하다."

그러니까 제대로 설명을 해주면 얼마나 좋아.

감히 드래곤인 네르키스를 살짝 째려보고는 몬스터들을 향해 다시 소리쳤다.

"꺼지라고! 당장 여기서 꺼져!"

분노가 담긴 목소리가 터져 나갔다. 내가 소리친 것이라고 는 믿기지 않을 정도로 큰 목소리가 던전 주위를 울리자 몬스 터들이 혼비백산해서 도망치기 시작했다.

얼마나 빠른 속도로 해산하는지 그들의 발이 늘어난 듯한 착각이 들었다.

"아직도 부족하다. 그래도 드래곤 피어라고 부를 정도는 되는군."

칭찬하는 것이 그렇게 힘든지 네르키스는 그대로 몸을 돌 려 던전으로 돌아갔다.

그는 뒤돈 상태로 나에게 말했다.

"엘프를 빠르게 처리하는 게 좋을 것이다. 나의 유일한 취 미를 잃고 싶지 않다."

네르키스의 유일한 취미란 다른 종족과의 교류였다.

유별나게 드래곤이면서 다른 종족을 방문하는 것을 즐기 는 그였다.

지금의 마음 같아서는 그의 취미 생활을 도와주고 싶은 마 음이 들지 않았지만 드워프와 엘프를 생각해서 빨리 살모사 같은 엘프를 잡아 죽여야 했다.

그의 힘을 흡수하는 것이 가장 좋은 방법이긴 했지만 여의 치 않으면 죽여야 했다.

"알겠습니다. 최대한 빨리 처리하도록 하겠습니다. 걱정하지 마세요."

마룡의 피를 흡수했다고는 하지만 그렇게 자신이 있지는
않았다.

이미 한번 처참하게 엘프에게 진 적이 있기에 그에 대한 두
려움이 마음 깊숙한 곳에 남아 있었다. 이 트라우마를 지우기
위해서는 그를 죽여야 했다.

엘프를 쓰러뜨린 후에야 이 트라우마는 지워질 것이다.

엘프를 찾기 위해 목걸이를 매만졌다. 마을로 돌아가 오랫
동안 보지 못한 부인들과 동생들을 보고 싶었지만 지금은 그
럴 시간이 없었다.

미친 엘프를 잡아 족치지 않으면 세상이 어떻게 꼬일지 몰
랐다.

그가 있을 만한 장소는 동물들의 도시였다.

내가 처참하게 진 장소이기도 하고 그가 있을 가능성이 가
장 높은 장소이기도 했다.

"아무것도 없잖아. 떠난 지는 오래되어 보이지 않는데…
어디로 간 거지?"

동물들의 도시는 버려진 도시가 되어 있었다.

아무도 살지 않는 곳에 동물들이 살던 우리만이 자리를 지
키고 있었다.

그래도 다행히 발자국은 아직 지워지지 않았다.

십만이 넘는 동물이 동시에 움직인 발자국이 남아 있었던 것이다.

나는 발자국을 따라 걸어갔다. 발자국의 종착지는 몬스터 도어였다.

동물들을 데리고 몬스터 월드로 이동한 것이다.

왜 굳이 동물들을 데리고 몬스터 월드로 이동했을까?

머리를 굴려봐야 답은 나오지 않았다. 이유를 찾기 위해 가장 빠른 방법은 살모사 같은 엘프를 잡는 것이었다.

나는 한 치의 망설임도 없이 몬스터 도어로 몸을 던져 몬스터 월드로 들어갔다.

그곳에도 동물들의 발자국이 남아 있었다.

발자국을 따라 계속해서 이동하면 엘프가 있는 곳을 찾을 수 있겠지.

한참이나 발자국을 따라 움직이다 발을 멈추었다.

발자국이 끊어졌다. 앞에 큰 강이 흐르고 있어 발자국을 찾을 수가 없었다.

이렇게 되면 다시 원점부터 시작해야 되는데.

강을 건너 반대편에 발자국이 남아 있는지 확인했지만 발자국은 어디에서도 찾아볼 수가 없었다.

어디를 가야 그를 만날 수 있을까.

몬스터 월드에는 따로 정보망이 존재하지 않았다. 몬스터 월드가 얼마나 넓은지도 모르는 상황에서 무턱대고 그를 찾으러 다닐 수는 없었다.

그렇다고 이대로 마을로 돌아갈 수도 없었다.

결국 다시 드래곤의 도움을 받아야 하는 건가.

제대로 된 전투 한번 치르지 않고 드래곤을 만나러 가기에
는 마음이 편치 않았지만 그 방법 말고는 다른 방법이 생각나
지 않았다.

드래곤의 던전으로 이동하자 예상한 대로 네르키스가 나
를 무심히 쳐다봤다.

왜 왔느냐고 눈으로 묻는 것 같다.

나도 오고 싶어서 온 게 아닙니다!

"그가 몬스터 월드로 돌아왔습니다. 제 능력만으로 그를
찾을 수가 없습니다. 어디로 갔는지 알아낼 방법이 없겠습니
까?"

그를 막는 것은 네르키스가 지시한 일이기도 하다. 그는 나
를 도울 의무가 있었다.

마룡의 피를 준 것만으로 퉁칠 수는 없었다.

그러기에는 나만 고생하는 것이다.

"그가 있는 곳을 알아낼 방도를 말해주마."

＊　　　＊　　　＊

파란 하늘 아래 동물들이 뛰어놀고 있다. 울타리는 존재하지 않았다.

울타리라는 존재는 동물들을 위험에서 보호하기 위한 것이다.

주변에는 동물들을 위협할 존재가 없었다.

하얀 하늘, 동물들이 뛰어노는 곳 주변에는 피 냄새가 자욱했다.

몬스터들이 서로의 가슴에 무기를 꽂고 죽어 있다.

몬스터들의 죽음이지만 너무도 잔인한 모습이다.

"이제 이곳에 몬스터는 더 없군. 내가 바라던 세상을 이룩할 때가 머지않았어."

스승의 상징이던 로브를 입고 있는 엘프가 동물들을 보며 흐뭇한 미소를 짓고 있다.

잔인하게 몬스터들을 죽인 존재라고는 믿기지 않을 정도로 밝은 미소를 가진 그였다.

엘프는 미소를 지우고 추용택에 관한 생각을 했다. 그는 어디로 갔을까? 인간이 감당하지 못할 힘을 가지고 있는 그가 갑자기 사라진 것은 분명 그의 배후가 있다는 말인데.

자신도 모르게 그를 사라지게 할 능력을 가진 존재는 많지 않았다.

아니, 드래곤뿐이다. 자신이 모르는 능력을 그가 가지고 있지 않다면 그를 이동시킨 것은 드래곤일 것이다.

드래곤이 나의 행보를 막으려는 것인가?

엘프는 한참이나 골똘히 생각을 정리했다.

아직 드래곤은 나타나지 않았다. 수많은 몬스터를 죽이고 여러 종족을 학살했지만 드래곤은커녕 그들의 대리자도 모습을 드러내지 않았다.

그 말은 드래곤이 자신의 행동을 정당하다고 생각하는 것이다.

그렇다면 왜 그를 데리고 갔을까?

의문이 꼬리에 꼬리를 물었지만 정확한 해답은 나오지 않았다.

"다시 그를 보게 된다면 답이 나오겠지. 지금은 주변을 청소하는 것이 우선이다."

엘프는 주변을 둘러보았다. 동물들을 제외하고는 살아 있는 생명체가 느껴지지 않았다.

"좀 더 멀리 나가봐야겠군. 아직도 고통받고 있는 동물들이 많을 것이야."

그가 동쪽으로 움직이기 시작했다. 하얀 섬광으로 변한 엘프는 빠르게 이동해 몬스터의 기척이 느껴져서야 움직임을 멈추었다.

"여기에도 쓰레기가 가득하군."

엘프는 하늘 위로 올라갔다. 하늘에서 내려다보는 그의 시야에 여러 몬스터들의 모습이 잡혔다.

뜨거운 햇살을 만들어내는 태양 옆에 거대한 태양 하나가 더 생겼다.

붉은 태양과 달리 하얀 빛을 만들어내고 있는 거대한 빛의 덩어리가 하늘 위에 생겨나자 몬스터들의 움직임이 달라지기 시작했다.

불안에 떨고 있는 몬스터들.

그들을 향해 엘프가 소리쳤다.

"너희들은 살 가치가 없다! 서로의 심장을 뜯어 삼켜라! 더는 이 땅을 더럽히지 마라!"

그의 말이 끝나자 몬스터들의 동공이 심하게 흔들리기 시작했다.

하얀 태양의 영향으로 정신력을 잃은 몬스터들에게 엘프의 목소리는 거부할 수 없는 명령이었다.

불과 몇 분 전만 해도 아무런 다툼이 없던 몬스터들은 서로에게 살기를 뿜어내었다.

서로의 심장을 뜯어내기 위해 발톱을 날리고 이빨을 들이미는 그들이다.

지옥도가 펼쳐졌다. 피가 사방으로 터져 나갔다.

옆에 있는 몬스터의 심장을 뜯어낸 오우거가 심장을 집어삼켰다.

그 오우거 옆에 있던 트롤이 오우거의 목을 비틀었다.

아무도 믿지 못할 상황이다. 눈에 보이는 모든 몬스터가 적이었다.

같은 종족이라고 해서 아군이 되어주지 않았다.

오크들은 서로의 목을 무는 비극을 만들어내었다.

피 냄새가 점점 강해지고 더는 비명 소리가 들려오지 않자 또 다른 태양이 모습을 감추었다.

"여기도 정리가 되었군. 더러운 놈들."

엘프가 고개를 돌렸다. 멀지 않은 곳에 드워프의 기운이 감지되었던 것이다.

드워프라고 해서 살려둘 생각은 없었다.

몬스터에 비해 평화적인 종족이지만 그들도 동물을 사냥했다.

동물을 사냥하는 존재는 전부 죽일 계획을 가지고 있는 엘프였다.

아니, 동물을 사냥하지 않고 채식을 하는 엘프도 다 죽일 생각이다.

자신과 같은 종족인 엘프였지만 이미 그는 자신이 엘프라는 사실도 잊었다.

신이라고 생각하고 있었다. 자신이 세상에 새로운 평화를 가져다줄 유일신이라고 믿고 있는 엘프였다.

그는 지체 없이 몸을 날려 드워프 마을이 있는 곳으로 이동했다.

섬광으로 변해 날아갈 필요도 없는 거리였다.

빠르지 않은 속도로 하늘을 움직이는 그였지만 드워프 마을에 도착하는 것은 순식간이었다.

엘프는 드워프들이 바삐 움직이는 모습을 지켜보았다.

그들에게 마지막 시간을 주고 싶은 건지 한참이나 드워프의 모습을 지켜보았다.

고민하고 있는 것인지 그의 눈이 조금 떨려왔다.

너무도 평화로운 드워프 마을에는 쇠 두드리는 소리만이 가득했다. 몬스터들과는 다른 모습이었다.

평화로워 보이는 저들을 죽이는 것이 맞는 행동일까?

그는 결정을 내리지 못하고 있었다.

몬스터의 모습을 확인한 즉시 죽인 것과는 다른 모습이다.

드워프들은 하늘 위에 죽음의 사신이 찾아왔는지도 모른 채 제 할 일을 하고 있었다.

"오늘 너무 열심히 일했더니 금방 배가 꺼져 버렸어. 오늘 밥은 뭘 준비했는지 알고 있는 드워프 있어?"

"제가 알고 있습니다. 오늘은 부드러운 육즙이 흐르는 사슴 스테이크가 메뉴라고 합니다. 사슴 스테이크 생각에 아침부터 군침을 흘렸습니다."

드워프 족장과 청년의 대화가 엘프의 귀에 들어갔다.

드워프들은 식사 시간이 되어서인지 공구들을 내려놓고

식당으로 움직였다.

야외 식당에는 큼지막한 사슴 한 마리가 통째로 매달려 있었다.

"그래, 너희들도 살려줄 가치가 없는 놈들이구나. 감히 사슴을 저렇게 대하다니 고민할 가치도 없는 놈들이었어."

그는 드워프 마을의 중심에 또다시 하얀 태양을 만들어내었다.

*   *   *

엘프를 찾을 방도를 말해준다고 한 네르키스가 뜸을 들였다.

그는 다시 던전으로 나를 데리고 들어갔고, 나는 그의 뒤를 졸졸 따라 움직였다.

드래곤 말만 잘 들으면 자다가도 떡이 생긴다고 믿고 있다.

이미 그에게 받은 목걸이는 없어서는 안 될 필수품이었고, 마룡의 피까지 모두 드래곤 덕에 갖게 된 것이다.

이번엔 어떤 물건을 줄지 기대하며 던전 안으로 들어가자 던전 한편에 보물 창고가 있다.

리치에게 몇 번이나 구경하고 싶다고 말했지만 절대 열어주지 않던 그 보물 창고이다.

보물이 많은 곳을 구경한 적은 여러 번 있다.

도시에 하나 이상은 있는 박물관은 수학여행으로, 아니면 데이트 코스로 여러 번 갔다.

하지만 그때는 이렇게 가슴이 떨리지 않았다.

남의 물건과 내 것이 될지도 모르는 물건을 대하는 마음가짐이 당연히 다른 것이다.

어떤 물건을 줄까나. 저기 보이는 작은 칼도 좋겠는데.

"이것을 받아라."

네르키스가 나에게 준 보물은 작은 팔찌였다. 그것도 너무도 형편없어 보이는 팔찌.

저렇게 많고 많은 진귀한 보물 중에서 겨우 팔찌라니.

이미 나는 엘프의 팔찌를 차고 있다. 엘프의 팔찌도 나뭇조각으로 만든 것이라 볼품없었지만 네르키스가 준 팔찌는 보기 흉할 정도였다.

이상한 문양이 덕지덕지 붙어 있고 차고 있으면 팔이 썩어 들어 갈 것만 같았다.

그래도 드래곤이 준 물건이니 받아야 했다. 괜히 안 받겠다고 해봐야 돌아오는 것은 드래곤의 분노뿐일 테니.

"어떻게 쓰는 물건입니까?"

"이 팔찌는 몬스터 월드 안에 있는 모든 기운을 감지할 수 있는 능력을 갖추고 있다. 언제 만들어졌는지, 누가 만들었는지는 아무도 모른다. 내가 예상하기로는 태초에 이 땅을 만든 신이 몬스터들과 다른 종족을 관리하기 위해 만들었다고 생각한다. 신이 아니면 이 팔찌가 소용없으니까."

드래곤의 입에서 태초의 신에 대한 얘기가 나오자 팔찌가 새롭게 보였다.

드래곤도 경외시하는 신이 만든 물건이라니.

신은 이 땅을 만들 정도로 전지전능한 능력을 가지고 있지만 예술성은 뛰어나지 않은가 보다.

"팔찌의 중앙에 달린 쇠뭉치의 빛이 바뀌면 강대한 기운이 나타났다는 뜻이다. 그 순간 쇠뭉치에 손을 가져다 대면 그 주변이 보일 것이다. 무슨 일이 생긴 건지 알 수 있게 되는 거지. 텔레포트 목걸이와 이 팔찌를 같이 사용하면 엘프가 힘을 사용할 때 그곳으로 이동할 수 있을 것이다."

드래곤의 말을 듣자 팔찌에 대한 믿음이 생겨 왼쪽 팔목에 찼다.

이미 오른쪽 팔에는 남는 자리가 없었다.

학생 시절 액세서리를 좋아하지 않아 한 번도 목걸이나 귀걸이 같은 것을 한 적이 없다.

하지만 지금은 목걸이부터 반지, 두 개의 팔찌까지 몸에 주렁주렁 달고 있다.

약간은 거추장스러운 물건들이지만 절대 벗을 생각은 없다.

이런 액세서리들이 내 목숨을 구해줄 구명줄이 될지도 몰랐다.

"네르키스 님, 원래 팔찌에 달린 쇳덩이의 색깔이 어떻게 됩니까?"

"진한 구릿빛을 하고 있다. 한계 이상의 기운이 감지되면 옅은 노랑으로 바뀌게 된다."

"지금 이 쇳덩이가 노랑으로 변한 게 맞는 거죠?"

팔목에 팔찌를 찬 순간 중앙에 있는 쇳덩어리의 색이 노랗게 변했다.

"그가 기운을 사용하고 있는 것 같다. 얼른 쇳덩이에 손을 가져다 대어보아라."

드래곤의 말에 얼른 손을 팔찌에 가져다 대었다.

아무런 변화가 없다고 생각할 때쯤 영혼이 빠져나가는 듯한 기묘한 느낌을 받았다.

영혼이 팔찌에 있는 쇳덩어리로 이동한다고 느껴지며 시야가 계속해서 바뀌었다.

어느 순간 눈이 부셨다. 해가 가장 밝은 시간대이긴 하지만 이렇게 밝을 수는 없었다.

사막에 떠 있는 태양보다 더 밝게 빛을 내는 것 같았다.

태양을 피해 반대편으로 고개를 돌렸다.

하지만 거기에도 태양이 떠 있었다.

태양이 두 개?

자세히 보니 한 개의 태양은 인공적으로 만든 것 같았다.

저런 물건을 만들 수 있는 존재는 한 명뿐이다.

엘프의 모습을 찾기 위해 주위를 둘러보자 자신이 만든 태양에서 멀지 않은 곳에 떠 있는 엘프를 발견할 수 있었다.

그는 무언가를 뚫어져라 쳐다보고 있었다. 그의 시선을 따라 고개를 돌리니 아주 익숙한 존재들이 보였다.

드워프들.

나에게 기운의 비밀을 알려준 존재들이기도 하고, 여러 차례 그들의 도움을 받았기에 항상 그들에게 고마운 감정을 느끼고 있었다.

그런 드워프들을 죽일 듯이 쳐다보고 있는 엘프였다.

어서 그를 막아야 했다.

지금의 나는 육체가 없었다. 그를 볼 수만 있을 뿐 막을 수가 없다.

어서 다시 원래의 육체로 돌아가야 했다.

하지만 드래곤은 가는 방법만 설명해 줬을 뿐, 다시 돌아가는 방법에 대해서는 언질해 주지 않았다.

드래곤은 항상 이런 식이었다.

머리가 뛰어난 드래곤이기 때문에 하는 실수였다.

내가 자신만큼 지능이 높다고 생각하는지 자세한 설명 없이도 사용법을 알 거라고 착각하고 있는 드래곤이었다.

그에 대한 원망은 나중에 하기로 하고 지금은 돌아갈 방법을 찾아야 했다.

지금의 나는 허상이다. 허상과 육체를 연결하는 고리를 찾아야 했다.

어렵지 않게 팔뚝에 매달려 있는 하얀 선을 발견할 수 있었다.

이것을 당기면 돌아갈 수 있는 것일까?

다급한 마음에 고민도 하지 않고 하얀 선을 당겼다.

다시 시야가 어지러워졌다.

원래의 몸으로 돌아가고 있는 것이다.

"헉헉!"

"보고 왔느냐? 그자가 무엇을 하고 있었느냐?"

"지금 엘프가 드워프들을 죽이려고 하고 있습니다. 시간이 없습니다. 바로 움직여야 할 것 같습니다."

팔찌 사용법에 대해 자세한 설명을 하지 않은 드래곤을 원망할 시간조차 없었다.

바로 목걸이를 만져 드워프 마을로 이동했다.

드워프 마을에 도착하니 팔찌를 통해 엿본 장면 그대로였다.

두 개의 태양이 드워프 마을 위에 떠 있고, 엘프가 하늘 위에서 드워프를 지켜보고 있다.

그가 무슨 짓을 하기 전에 막아야 했다. 이미 새로운 태양이 떠오르자 정신을 차리지 못하고 있는 드워프들이다.

엘프를 막기 위해 움직이려는 순간, 머리를 흔들어놓는 소리가 들려왔다.

"드워프라는 종족도 몬스터와 다르지 않구나! 서로의 심장을 씹어 삼켜라! 동물들을 씹어 삼키던 것처럼 옆에 있는 친구와 가족들을 먹잇감으로 생각해라! 서로를 죽이고 증오해라!"

드워프 마을 전체를 울리는 엘프의 목소리에는 힘이 실려 있었다.

의지를 꺾어놓고 조종할 수 있는 힘.

엘프의 목소리가 울려 퍼지자 드워프들의 눈에서 초점이 사라졌다.

마치 언데드같이 행동하고 있는 드워프들은 옆에 있는 동료를 향해 무기를 들었다.

막아야 한다. 서로의 심장에 칼을 찔러 넣기 전에 막아야 한다.

지금을 위해 드래곤이 알려준 기술이 있다.

드래곤 피어.

이미 한번 사용해 본 적이 있는 기술이다.

나는 드래곤 피어를 사용하기 위해 마룡의 힘을 목 위로 모았다.

완벽한 드래곤 피어를 펼치기 위해서는 마룡의 힘만으로는 부족했다.

드워프들을 움직일 수 있는 의지가 필요했다.

처음 드워프 마을에 도착해 드워프 족장에게 칼을 가는 법을 배울 때를 생각했다.

나의 성공에 자신의 일처럼 좋아하던 그의 모습을 떠올렸다.

서로를 너무도 아끼고 사랑하는 드워프들이었다.

조금은 딱딱해 보이는 그들이지만 속은 그 누구보다 부드러운 존재였다.

그런 그들을 생각하며 드래곤 피어를 내질렀다.

"모두 멈추세요! 불을 생각하세요! 좋은 검을 만들고자 하던 의지를 떠올려 보세요! 광산을 만들기 위해 얼마나 협동했는지 생각하시란 말이에요! 고작 이따위 말장난으로 긍지를 잃어버릴 종족이 아니지 않습니까!"

드래곤 피어는 효과가 있어 보였다. 무기를 든 드워프들의 손이 멈추었다.

하지만 여전히 초점은 돌아오지 않고 있었다.

완벽히 그들의 정신이 깨어난 것은 아니었다.

그래도 시간은 벌었다. 아무런 움직임을 보이지 않고 있는 드워프들이다.

엘프가 있는 곳으로 고개를 돌렸다.

그도 이미 나를 바라보고 있었다.

그와 눈이 마주치자 그의 눈에서 뿜어져 나오는 증오를 느낄 수 있었다.

증오와 분노.

감히 자신이 하는 일을 나 따위가 막는다고 생각하는 그런 눈빛이다.

그가 나에게 다가왔고, 나도 그를 향해 다가갔다.

"이렇게 다시 뵙게 되니 반갑네요. 자칭 신이라고 부르는 엘프님을 뵙게 돼서 영광이에요."

"겨우 목숨을 부지하고 달아났으면 그대로 도망칠 것이지, 다시 내 앞에 나타나다니. 이번에도 드래곤이 너를 구해줄 것으로 생각하는 것이냐?"

엘프는 나의 마지막 구원 줄이 드래곤이라는 사실을 알고 있었다.

아마 자신의 눈을 피해 나를 빼낸 존재가 드래곤뿐이라는 사실을 유추해 냈을 것이다.

"오늘은 드래곤의 도움이 필요 없을 것 같네요. 아니죠. 제 몸 안에 드래곤이 들어 있거든요. 조심하셔야 할 겁니다. 이전처럼 저를 상대하다가는 단숨에 잡아먹힐지도 모릅니다."

"용감하군. 하지만 그것이 만용이라는 걸 곧 깨닫게 될 것이다."

엘프의 몸은 허점투성이였다.

전투에 익숙하지 않은 그였기에 기본적인 방어 자세도 취하지 않고 있었다.

하지만 섣불리 공격할 수는 없었다.

그를 보호하는 모래 방어막에 공격이 막힌다면 반대로 내가 허점투성이가 되어버린다.

아직 제대로 마룡의 기운을 사용하는 법을 몰랐다.

하지만 몸에 흐르는 마룡의 피가 전투를 원했다.

피가 뜨겁게 달아올랐다. 피부가 타버릴 것같이 뜨거웠다.

마룡의 피는 싸우고 싶어 안달이었다.

나는 마룡의 피에 몸을 맡길 생각이다.

마룡의 피와 마력이 손을 움직이고 싶어 했다.

기운이 원하는 대로 그들을 개방시켰다. 손 위에 검은 불꽃이 생겨났다.

불꽃은 허기져 보였다. 눈앞에 있는 엘프를 잡아먹기 위해 안달이 나 있었다.

아직은 아니다. 조금만 참아라. 완벽한 기회를 잡아야 한다.

불꽃을 진정시켰다. 불꽃은 내 마음을 알기라도 하는지 더는 크기를 키우지 않았다.

"새로운 힘을 가지게 되었군. 하지만 그런 힘 정도로 나를 상대할 수는 없다. 나는 신이다. 인간은 신에게 무릎을 꿇고 경배해야 한다. 너에게 가르침을 내려주겠다."

"헛소리 그만하고 덤비시죠. 신이 쫄기라도 한 겁니까? 스승의 뱃속에 검을 찔러 넣었을 때의 행동력은 어디로 간 겁니까? 아! 스승의 배를 찌른다고 용기를 다 써버린 거군요? 제가 그걸 미처 몰랐네요."

도발했다. 그의 아킬레스건을 건드렸다.

그는 자신을 신이라고 불렀지만 그의 약점은 존재했다.

스승을 배신했다는 것이 그의 약점이다.

엘프는 치아를 부서뜨릴 심산인지 이를 꽉 깨물었다. 분노하고 있는 것이다.

도발은 성공했다. 그는 이제 무지막지한 기운을 사용하며 나에게 공격을 가할 것이다.

방어 일변도의 그에게서 기회를 찾을 수 없기에 그를 도발했다.

엘프의 몸에서 무지막지한 기운이 뿜어져 나왔다.

익숙한 기운들이다.

검은 로브가 만들어내는 검은 아지랑이와 바람의 능력.

한 개의 능력도 상대하기 벅찬데 두 가지 능력을 동시에 사용하는 그였다.

그에게 밀릴 수는 없었다. 여전히 손 위에 마룡의 힘이 만든 불꽃을 피워놓은 상태에서 오행의 기운을 사용했다.

검은 아지랑이는 피하는 것 말고는 다른 대처법이 없었지만 바람의 능력은 오행의 기운을 이용해 막을 수 있을 것 같았다.

쉬이익!

주변의 바람이 변했다. 엘프가 바람을 무기로 만들어내었다.

눈에 제대로 보이지도 않는 바람이 칼이 되어, 창이 되어 날아들었다.

사방에서 토네이도도 다가오고 있다.

삼중 코팅을 마친 바람의 칼날이 장벽이 되어 엘프의 공격을 막아내었다.

쾅! 쾅!

거대한 도끼로 벽을 치는 소리가 여기저기서 들려온다.

바람의 막이 언제 깨져도 이상하지 않았다.

하지만 아직 그를 공격할 때가 아니었다.

최대한 방어하며 엘프의 허점을 찾아야 했다.

모래 방어막이 반응하기도 전에 그의 몸에 마룡의 불꽃을 박아 넣어야 했다.

자신의 공격이 막히자 공격이 뜸해졌다.

그도 생각하고 있는 것이다. 분노로 가득 차 있던 그가 조금씩 냉정해지고 있었다.

이래서는 안 되었다. 그가 냉정을 찾으면 허점을 찾기 힘들어진다.

"살모사 새끼는 뱃속에서 어미를 잡아먹으면서 자란다고 하지. 네가 딱 살모사 같은 놈이구나. 스승의 뱃속을 파먹으면서 이런 기운을 가지게 되니 좋으냐? 그렇게까지 하면서 신이 되니 좋아 날아가겠지?"

"닥쳐라! 나는 세상의 진정한 평화를 위해 노력할 뿐이다! 내가 하는 행동은 하찮은 목적을 가지고 하는 것이 아니란 말이다! 하루라도 피가 마르지 않는 이 땅에 진정한 평화를 만들 것이다!"

"동물만 남는다고 해서 진정한 평화가 찾아올까? 동물들도 서열이 있고 서로를 공격할 건데 그건 어떻게 생각해? 강한 동물들도 전부 멸종시켜 버릴 거냐? 그렇게 하다 보면 결국 혼자 남게 되겠네. 차라리 지금 모든 생명체를 멸종시키는 게 어때? 그게 네가 바라는 평화잖아."

"닥쳐라! 제발 닥치란 말이다!"

*　　　*　　　*

엘프가 분노를 담아 소리쳤다. 그의 목소리에 담긴 힘은 강했지만 왜인지 모르게 어린아이의 투정처럼 들려왔다. 그가 원하는 것은 하나였다. 평화롭게 동물들과 사는 것.

하지만 그는 방향을 잘못 잡았다.

꼭 신이 되지 않더라도 목적을 이룰 수 있었다. 아니, 스승이 살아 있다고 해도 그의 꿈은 실현 가능했다. 약간의 노력만 한다면 이룰 수 있는 목적을 위해 너무 멀리 돌아온 그였다.

이미 엎질러진 물을 주워 담을 수는 없었다. 그의 스승 대신 내가 그에게 회초리를 들어야 했다. 죽음이라는 회초리를.

정신을 분노에 빼앗겨 나에게 달려오는 엘프는 거의 무방비 상태였다.

모래 방어막이 아무리 강력하고 무의식중에 펼쳐진다고 해도, 그것을 뚫을 더 강력한 힘이 있다면 무용지물이다.

내 손에서 여전히 활활 불타고 있는 마룡의 불꽃을 감싸 들고는 엘프에게 날아갔다.

엘프의 주위에는 거센 돌풍이 불고 있고 검은 아지랑이가 피어오르고 있었다.

약간의 손해는 감수해야 한다. 나는 검은 아지랑이에 몸을 대주고 그의 몸을 두드렸다.

역시 그의 몸에 빠르게 모래 방어막이 쳐졌다.

드래고니안의 주먹에도 깨진 모래 방어막이다. 강한 힘만 있다면 충분히 뚫을 수 있었다. 마룡의 불꽃이라면 충분히 모래 방어막을 뚫을 수 있다고 믿었다.

나는 왼손에 쇠의 기운을 가득 담아 엘프의 배를 때렸다. 죽음의 아지랑이가 자꾸만 생명력을 갉아먹고 있기 때문에 빠르게 끝을 내야 했다.

쇠의 기운을 담은 주먹이 그의 배에 닿는 순간 빠르게 그의 배에 모래 방어막이 생겨났다.

지금이다.

마룡의 불꽃을 가득 담은 오른손을 모래 방어막이 쳐져 있는 엘프의 배를 향해 내질렀다.

쿵! 쾅!

두 번의 타격음이 들려왔다. 처음의 타격음은 모래 방어막이 깨지는 소리였고, 두 번째 타격음은 엘프의 배에 마룡의 불꽃이 터지는 소리였다.

"으아아악! 감히 나의 몸에 손을 대다니! 나는 신이란 말이다! 너 따위 열등한 인간과는 격이 다른 신이란 말이다! 용서하지 않겠다! 너를 지옥으로 보내 버리겠다!"

"그만 입 닫고 죽으시죠."

마룡의 피가 다시 들끓었다. 빠르게 마룡의 기운이 손 위로 모여들었고, 다시 검은 불꽃을 만들어내었다.

"다시 갑니다, 자칭 신이라고 부르는 살모사 새끼야."

이미 그의 피부는 모래 방어막으로 완전히 감싸여 있었다. 내가 본 최고의 방어 기술이었지만 이미 마룡의 불꽃이 더 강한 힘을 가지고 있다는 것을 증명했다.

이번엔 엘프의 배가 아닌 머리를 향해 날려 보낼 생각이다.

꼴 보기 싫게 잘생긴 그의 얼굴이 마음에 들지 않았다. 모든 엘프는 훌륭한 얼굴을 가지고 있었지만 이 엘프만큼은 아니었다. 그리고 얼굴은 모든 생명체의 약점이었다.

그도 예외일 수 없었다.

쿵!

모래 방어막을 주먹으로 쳐 강도를 확인하고는 바로 마룡의 불꽃을 그의 얼굴을 향해 날려 보냈다.

쿵! 쾅!

"으아아아아!"

다른 말은 하지 못하고 오로지 비명만을 지르는 엘프.

그의 얼굴은 나의 계획대로 검은 불꽃에 잠식당해 타오르고 있다.

오뚝한 코는 녹아내렸고 백옥 같은 피부는 불꽃에 타 없어져 버렸다.

마룡의 불꽃은 그의 얼굴을 태워 버리는 데 만족하지 않고 살아 움직이는 것처럼 그의 몸을 태워 나가기 시작했다. 보통 불꽃은 위로 타오르게 마련이다.

하지만 마룡의 불꽃은 달랐다. 아래로 움직이며 그의 몸을 샅샅이 태우고 있었다.

마룡의 불꽃이 만들어내는 열기는 강하지 않았다.

일반적인 불꽃보다 열기는 약했다. 하지만 그 안에 담겨 있는 마룡의 기운은 염산처럼 모든 것을 녹이고 있었다.

엘프의 마지막이 얼마 남지 않은 것이 느껴졌다.

생명의 기운 덕에 아직 버티고 있는 엘프였다.

빠르게 그의 몸은 재생되고 있었지만 그보다 더 빨리 마룡의 불꽃이 그의 몸을 태우고 있었다.

"이제 그만하는 게 어떻습니까? 이만 죽을 시간이 된 것 같습니다. 잘 죽으세요."

마지막 일격만이 남았다.

이미 모래 방어막도 더는 생겨나지 않고 있었다.

그에게 천천히 날아갔다. 그가 고통스러워하는 모습을 보는 것이 즐겁지는 않았다.

그에게 안식을 주고 싶은 마음뿐이었다.

한 손에는 오행의 기운을, 다른 한 손에는 마룡의 불꽃을 가득 담고 엘프의 옆으로 갔다.

"이제 끝입니다."

엘프에게 마지막 일격을 가하려는 순간, 그의 몸에서 새하얀 기운이 뿜어져 나왔다.

생명의 구슬이다. 마룡의 불꽃에 타오르는 몸을 재생하기에도 생명의 기운은 부족했다.

엘프는 재생하는 것을 포기하고 생명의 구슬을 만들어낸 것이다.

너무도 가까웠다.

생명의 구슬을 피할 공간이 없다.

너무나 안일하게 생각했다. 마룡의 불꽃에 타오르는 그의 몸을 보는 순간 방심했다.

젠장! 또 정신병원으로 끌려가야 하다니.

하얀빛이 나를 빨아 당겼고, 나는 다시금 하얀 방에 갇히게 되었다.

"아, 이번에는 죽음의 기운도 없는데 어떻게 생명의 구슬을 깨야 하는 거야. 맨날 쓰기만 하다가 당하니 기분 엿 같네."

혹시나 하는 마음에 오행의 기운을 사용해 벽을 두드려 보았지만, 스펀지를 두드리는 것처럼 오행의 기운을 흩어버리는 벽이다.

죽음의 기운은 없지만 다른 기운이 하나 있긴 했다.

마룡의 불꽃.

마룡의 기운을 어떻게 써야 하는지 잘 모르고 있었다.

지금 마룡의 기운을 이용해서 만들어내는 마룡의 불꽃도 내가 알아낸 방법이 아니다.

단지 마룡의 피가 시키는 대로 기운을 움직여 만들어낸 것이다.

그래도 마룡의 불꽃이라면 생명의 구슬을 깰 수 있지 않을까?

모래 방어막도 단번에 깨버린 마룡의 불꽃이다.

가능성은 컸다.

마룡의 피를 빠르게 역류시키자 한 손에 마룡의 불꽃이 생겨났다.

이걸로는 부족하지 않을까?

마룡의 피를 더 빠르게 돌게 해 온몸에 마룡의 불꽃을 머금었다.

그리고 나는 벽을 향해 뛰어들었다. 두 팔을 벌리고 벽에 부딪쳤다.

벽은 잠시 마룡의 불꽃을 흩어내는 듯하다 금이 가기 시작했다.

이대로 조금만 더 힘을 주면 생명의 구슬이 깨질 것 같았다.

찌— 지직!

"성공이다! 살모사 새끼 어디 갔어?!"

엘프의 모습이 보이지 않았다. 아무리 주위를 둘러보아도 엘프의 코빼기조차 보이지 않았다. 그가 만들어놓은 하얀 태양마저 모습을 감추었다.

"도망가다니! 신이라고 하더니 도망가는 신이 어디 있냐?"

빠른 속도로 움직이는 엘프였다.

스승과 다른 제자들의 기운을 흡수한 그였기에 지금 쫓아간다고 해도 찾을 수 없을 것이다.

그리고 드워프들이 여전히 초점 잃은 눈으로 멍하니 서 있다.

지금은 저들을 깨우는 게 우선이었다.

엘프의 앞에서 하려니 제대로 펼치지 못한 드래곤 피어를 다시 펼쳐야 했다.

"음, 음!"

목을 가다듬었다.

"다들 정신 좀 차리세요! 그렇게 멍하니 있다가는 제가 쾅

산 다 털어가 버릴 겁니다!"

약간의 진심을 담아 소리쳤다.

드래곤 피어가 만들어내는 파동에 근처 돌산에서 바위가 굴러 떨어질 정도였다.

"뭐라고! 감히 누가 우리 드워프들의 광산을 훔쳐 간다는 말이냐!"

진심이 담겨 있어 그런지 몰라도 효과는 만점이었다.

"이제 정신 차리셨어요?"

드워프들을 향해 내려가자 그들은 무슨 일인지 모르겠다는 표정으로 나를 바라보았다.

"무슨 일이 있었던 거냐? 우리는 하늘에 새로 뜬 태양을 바라보다 정신을 잃었다. 긴 꿈을 꾼 것 같구나. 꿈속에서 동료 드워프들을 죽이는 꿈을 꾸었단다."

그 꿈이 현실이 될 수도 있었다. 조금만 늦었어도 서로의 심장에 무기를 박아 넣었을 것이다.

"그냥 꿈이었어요. 기억에서 지우세요. 그냥 아무런 일도 없다는 듯이 지내시면 됩니다."

"네가 우리를 구해준 거구나. 고맙다."

드워프의 입에서 고맙다는 말을 듣는 날이 오다니 감개무량하구만.

"그런데 광산을 다 털어가 버린다는 말은 진심으로 들렸다. 요즘 들어 광산에서 채굴되는 광석의 양이 엄청 줄었는데

네가 한 짓이지?'

"제가 어떻게 그러겠습니까. 저는 바빠서 이만 가보겠습니다."

당황한 마음에 텔레포트를 할 생각도 하지 않고 하늘로 올라갔다.

"너 그러면 안 된다! 저 광산들이 어떤 광산인데! 저 광산이 마르면 우리는 또 광산을 찾아 이동해야 한단 말이다!"

드워프의 말에 미안한 마음이 들었다.

제가 이번 일만 끝나면 좋은 광산 알아봐 드릴 테니 조금만 기다리세요.

나와 조나단의 합동 작전으로 드워프 마을 근처에 있는 수많은 광산 대부분의 광맥이 마른 상태였다. 아직은 견딜 수 있을 정도겠지만 몇 년이 지나지 않아 광석은 찾아볼 수 없을 것이다.

나는 드워프 마을이 보이지 않을 정도로 이동하고는 드래곤의 던전으로 텔레포트했다.

"해결하지 못한 거 같군. 기회가 이번 한 번뿐이 아니니 그렇게 어두운 표정 하지 마라."

내 얼굴이 그렇게 어두웠나?

사실 엘프보다 드워프에게 미안한 마음이 들어 얼굴이 어두웠다.

이미 한번 이긴 상대를 두려워할 이유는 없었고, 당연히 엘프에 대한 걱정은 크게 들지 않았다. 그가 기운을 다시 사용하는 순간이 그의 제삿날이 될 것이다.

"이 팔찌, 제가 사는 곳으로 돌아가도 작동하는 겁니까?"

마냥 이곳에서 그가 기운을 사용할 때까지 기다리고 싶지는 않았다.

나도 한 가정을 꾸리고 있는 가장이었다. 나를 목 빠지게 기다리고 있는 부인들과 동생들을 보고 싶었다.

"그 물건은 이 땅을 관리하기 위해 만들어진 물건이다. 당연히 다른 세계로 넘어가 버리면 작동하지 않는다. 하지만 몬스터 도어와 가까이 있다면 작동할 것이다."

다행이었다. 아직 막지 않은 몬스터 도어 하나가 대구에 있었다.

모든 몬스터 도어를 파괴할까 생각하다 혹시나 해서 둔 봉인된 몬스터 도어가 있었다.

"다행이네요. 엘프를 잡을 때까지 여기에 있어야 하나 걱정했습니다."

"자신감이 가득 차 있구나. 이번 전투에서 그를 이겼나 보군. 하긴 마룡의 기운이라고 하지만 드래곤의 기운이다. 이기는 게 당연하다."

"그런가요? 전 제가 잘나서 이긴 줄 알았죠."

마룡의 기운을 흡수한 덕택인지 이제는 드래곤도 그렇게

두렵지 않아 네르키스에게 농담을 던졌다.

내가 한 농담이 재미없었는지 네르키스의 한쪽 눈이 찡그려졌다.

그가 두렵지 않긴 하지만 그의 잔소리를 듣고 싶지는 않았다.

"그럼 이만 돌아가 보겠습니다. 조만간 다시 찾아오겠습니다. 그때까지 건강하세요. 어르신도 실험 열심히 하시구요."

드래곤과 리치에게 간단히 인사를 하고는 도망치듯이 던전을 빠져나왔다.

"쓰으— 웁."

마을에 돌아와서 크게 숨을 들이마셨다.

오랜만에 맡는 고향의 향기를 느끼고 싶었다. 마룡의 기운을 받아들인다고 한참이나 도시를 벗어나 있었다.

역시 고향이 최고라니까.

"야, 추용택! 어디 갔다가 이제 오는 거야? 이번에도 1년은 있다가 오는 줄 알고 얼마나 걱정했는지 알아?"

"죄송합니다, 사장님. 이번에도 어쩌다 보니 그렇게 되었네요. 그래도 금방 돌아왔잖아요."

"금방이 한 달이냐? 어서 제수씨한테나 가봐라. 어찌나 걱정하던지 부대원들이 전전긍긍하고 있었다."

부인들이 걱정하는데 왜 부대원들이 전전긍긍하는 거지?

"무슨 일이라도 있었습니까?"

"네가 돌아오지 않는 이유가 우리가 약해서라고 생각하는지 이자벨 님이 우리를 쥐 잡듯이 수련시키잖아. 얼굴에 멍이 들지 않은 부대원이 없어."

"이자벨이요? 그 착한 여자가 그럴 리가 없습니다."

"너한테나 착하지 우리한테는 사신이나 다름없다, 인마. 앞으로는 절대 혼자 다니지 마라. 어디 갈 일 있으면 이자벨 님 데리고 다녀."

자세히 보니 사장의 얼굴에도 큼지막한 멍이 들어 있다.

정확히 이자벨의 주먹 크기의 멍이다.

이자벨이 부대원들을 더 잡기 전에 얼른 그녀에게 갔다.

집에 가는 길에 본가에 들르니 카린과 동생들이 뱀파이어들을 보살피고 있다.

"다녀왔어. 별일 없었지? 와, 근데 한 달 만에 얘들 엄청나게 컸네."

어린 뱀파이어들을 마지막으로 보았을 때는 겨우 기어 다니고 있었다. 하지만 지금은 어설프지만 아장아장 걷기도 했다.

"왜 이렇게 늦게 오셨어요? 걱정했어요."

눈물을 머금은 카린의 눈을 보고 있자니 한 마리의 사슴 같다.

그것도 아리따운 아기 사슴.

물론 그녀의 몸은 완벽히 발육이 끝나긴 했지만.

"어서 이자벨에게 가보세요. 이자벨도 당신 걱정을 많이 했어요. 지금 집에 돌아가 쉬고 있으니 잘 달래주세요."

이자벨이 카린보다 몇 배는 나이가 많았지만 정신은 더 어렸다.

그녀는 내 피에 각인되어서 그런지 내가 사라지면 불안해했다.

"그럼 이자벨한테 다녀올게."

카린과 동생들을 한 번씩 안아주고는 신혼집으로 이동했다.

"이자벨, 나 왔어."

문을 빠끔히 열고 이자벨을 찾았다.

거실에서 이자벨의 모습을 찾지 못했다.

귓가에 물소리가 들려왔다.

부대원들과 한바탕 날뛴 이자벨은 샤워 중이었다.

나도 샤워를 안 한 지 한참 되었잖아!

옷을 한 번에 집어 던지고는 욕실로 뛰어들어 갔다.

『순혈의 헌터』 8권에 계속…

초대형 24시 만화방

신간 100%, 샤워실, 흡연실, 수면실(침대석), 커플석, 세탁기 완비

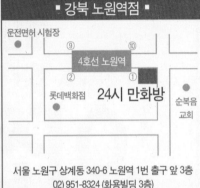
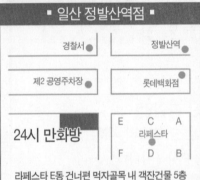
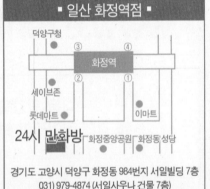
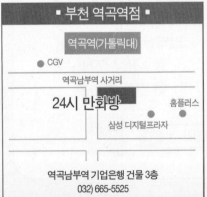
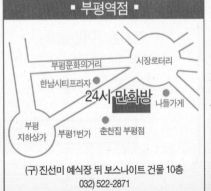

월야환담

채월야 · 홍정훈 장편 소설

"미친 달의 세계에 온 것을 환영한다!"

서울을 중심으로 펼쳐지는 뱀파이어, 그리고 뱀파이어 사냥꾼들의 이야기!
한국형 판타지의 신화, 월야환담 시리즈 애장판
그 첫 번째 채월야!

Book Publishing CHUNGEORAM

유령이 이닌 치큐우주
WWW.chungeoram.com

승유 퓨전 판타지 소설

FUSION FANTASTIC STORY

환생 마법사

Magician return

빠져나갈 수 없는 환생의 굴레.
그는 내게 마지막 기회를 주었다.

"이 세계의 정점이 된다면…
네가 살던 곳으로 돌려보내 주겠다."

대륙 최고를 향한 끝없는 투쟁!
100번째 삶.

더 이상의 실수는 없다.

Book Publishing CHUNGEORAM

유행이 아닌 자유추구 -
WWW.chungeoram.com

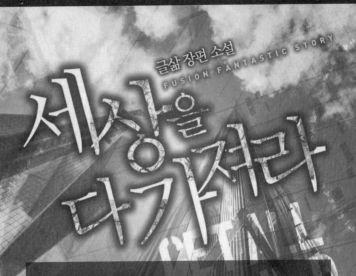

글삶 장편 소설
FUSION FANTASTIC STORY

[세상을 다 가져라]

문피아 선호작 베스트 작품 전격 출간!
현대판타지, 그 상상력의 한계를 넘어서다!

권고사직을 당한 지 2년째의 백수 권혁준.

우연히 타게 된 괴상한 발명품으로 인해
과거로 회귀한다!

그런데
과거로 온 혁준의 손에 들려 있는 것은 바로
최신형 스마트폰!

"까짓 세상, 죄다 가져 버리겠다 이거야!"

백수였던 혁준의 짜릿한 인생 역전이 시작된다!

Book Publishing CHUNGEORAM

유행이 아닌 자유추구 -
WWW.chungeoram.com

멱운 장편 소설

FUSION FANTASTIC STORY

전풍

삼국지

三國志

2세기 말 중국 대륙.
역사상 가장 치열했던 쟁패(爭覇)의
시기가 열린다!

중국 고대문학을 공부하던 전도형,
술 마시고 일어나니 도겸의 둘째 아들이 되었다?

조조는 아비의 원수를 갚으러 쳐들어오고
유비는 서주를 빼앗으려 기회만 노리는데……

"역시 옛사람들은 순수하다니까.
유비가 어설픈 연기로도 성공한 데는 다 이유가 있지, 암."

때로는 군자처럼, 때로는 효웅처럼!
도형이 보여주는 난세를 살아가는 법!

Book Publishing CHUNGEORAM

용황이 이니저오구기
WWW.chungeoram.com

FUSION FANTASTIC STORY

비츄 장편소설

올 스탯
슬레이어

강해지고 싶은 자, 스탯을 올려라!
『올 스탯 슬레이어』

갑작스런 몬스터의 출현으로 급변한 세계.
그리고 등장한 슬레이어.

[유현석 님은 슬레이어로 선택되었습니다.]
"미친… 내가 아직도 꿈을 꾸나?"

권태로움에 빠져 있던 그가…

"뭐냐 너?"
"글쎄. 나도 예상은 못했는데, 한 방에 죽네."

슬레이어로 각성하다!

Book Publishing CHUNGEORAM

유행이 아닌 자유추구 -
WWW.chungeoram.com

이경영 판타지 장편소설

FANTASY FRONTIER SPIRIT

그라니트

용들의 땅

G R A N I T E

사고로 위장된 사건에 의해 동료를 모두 잃고 서로를 만나게 된 '치프'와 '데스디아'.
사건의 이면에 장식을 벗어난 음모가 있음을 알게 된 둘은
동료들의 죽음을 가슴에 새긴 채 각자의 고향으로 돌아간다.
2년 후, 뜻하지 않게 다시 만난 두 사람은 동료들의 복수를 위해
개척용역회사 '그라니트 용역'을 설립해 다시금 그 땅을 찾게 되는데······.

용들이 지배하는 땅 그라니트!
그곳에서 펼쳐지는 고대로부터 이어지는 운명적 만남,
깊어지는 오해, 그리고 채워지는 상처.

『가즈 나이트』시리즈 이경영 작가의 미래형 판타지 신작!

Book Publishing CHUNGEORAM

유병이 아닌 자유추구 –
WWW.chungeoram.com